U0830640

诸子百家之寓言故事

杨中介 杨宁／主编
李哲／插图

漓江出版社

大私塾教养阶进丛书编辑委员会

总顾问：康　宁　朱宝清

总主编：陈　致　过常宝　张高评

总策划 / 执行主编：张海彤

本丛书分六系列，共计 18 册：

《汉字之美》：（分三册，共 1012 个常用字）

《书法三十六课》：（分三册，递进式学习书法）

《这厢有礼》：（三字经、弟子规、朱子家训）

《诸子百家》：（成语故事、寓言故事、智慧故事）

《诗情画意》：（分三册，古诗配古画，递进式诵读欣赏古诗词曲）

《以史为鉴》：（百家姓、五字鉴、史记故事）

各分册主编：

《汉字之美》：张海彤　姚志红　吴京鸣

《书法三十六课》：项　宇　吴京鸣　杨　军

《这厢有礼》：杨中介　张海彤

《诸子百家》：杨中介　任文博　杨　宁　张海彤

《诗情画意》：陈冰梅　康晏如　杨海健　张克宏

《以史为鉴》：牛亚君　王宇红　吴　晓　张安琪　郑海香　张海彤

参加编写的还有彭明俊（《汉字之美》）、周杰（《这厢有礼》）、赵宜婉（《这厢有礼》），一并感谢。

感谢孙左满先生为《这厢有礼之弟子规》提供插画。

“阐扬国故，复兴国学”才刚起步

《大私塾教养阶进丛书》的编辑及出版计划，始于2009年。当时，张海彤女士跟我谈到想编一套适用于少年儿童学习的国学教材。我当时也泛览过一些市面上的各种国学读本，总觉得一上来就是整套的《三字经》《千家诗》《增广贤文》等等，其实对于小孩子学习来说，未必有效。我想除了极少数特别聪明，而且对中国传统文化特别有兴趣的小孩子以外，大多数小孩子照这样子学所谓国学，很可能从一开始就要“逃之夭夭”了。今人每妄言无忌：古文字学者说自己从四五岁时就随父师习《说文解字》；文学家则说自己是自幼过目成诵、下笔千言不能自已；经学家会说自己不但能背四书五经，而且能背注疏；讲学家则说自己从小入私塾，熟读经史百家等等，这些当然都是一些市场营销的手段，与事实相去甚远。

其实古人学文史，也不是这样整本整套的死记硬背，而是各随自己的兴趣，并且是循序渐进地一点一点开始的。远的不说，看清人自撰的年谱就会发现，很多大学者也都是五六岁开始识字，一点儿不比我们早；七八岁开始读一些唐诗宋词，开始学习四书，那是要应付将来的科举考试，挣个文凭出身；再大一些学些古文名篇，十四五岁时才真正开始读《诗经》、《易经》、三礼、《春秋》三传等。其实这些读书的步骤与少儿的心智发展都是相对应的。再往近里说，饶宗颐、钱锺书先生堪称大师级的了，他们也的确早慧而有过人之能：饶先生18岁时已经接续其父完成了《潮州艺文志》；钱锺书先生也在不到20岁的时候，替自己的父亲钱基博教授捉刀，为钱穆的《国学概论》作序。这些当代的国学大师级的学者固然聪明过人，但也都是绩学所致，也都没有当今热衷于营销的名家们那样“早慧”和“颖异”。

所以，当海彤说起编一套少儿国学教材时，我倒是想到可以试着按照前人的读书次序编一套分门别类、循序渐进的国学教材。小孩子们可以根据自己的兴趣所在，由浅到深、从易到难地修习国学的精华。

现在好像整个社会都有一种国学复兴的架势，盛况空前。但其盛只是盛在人数众多、声势唬人上，真正要如章太炎先生说的“阐扬国故，复兴国学”，以及胡适先生所提倡的用科学的方法“整理国故之学”，还有相当长的路要走。

即以国学的基本教育而言，目前海内外国学院之成立如雨后春笋，却鲜有一套自小学至高中的国学教材，供老师教学、父母教子女之用。容或有这种教材，也是不做公开发行的内部参阅本，得益者甚寡。这套丛书的出版或可弥补这一缺憾。

陳致

香港浸会大学文学院院长

饶宗颐国学院院长

让经典入住心灵，从容面对未来

《易传》云："蒙以养正，圣功也。"启蒙教育是造就个人纯正品质的关键，关系到个人能否顺利成长，长成什么样，所以，它是最为神圣的事。高度重视蒙学，是中国文化的精髓之一。

启蒙教育是很专业的事，不能要求每一位家长和幼教老师都是专家，所以，蒙学教材就变得非常重要。明代哲学家王守仁指出，对儿童的教育不应只限于知识，还应引导其行为；既要适应儿童的天性，也要用"善"和"礼"来约束他。也就是说，好的蒙学教材，一要知行并重，二要生动活泼。这是个简单的道理，却是个极高的标准，能真正做到、做得好，并不容易。

经过历史汰择而流传至今的古典蒙学读物，是传统文化馈赠给我们的瑰宝。让孩子学习《弟子规》之类的蒙学教材，可以接受正宗的儒家教育，养成方正的人格。而蕴含于诸子、史书中的思想和智慧，能体现古典修养的诗书画，都是民族文化的精华。学习这些古典知识和艺术，除了完善自己的素质之外，还能感受古人之情怀，在骨子里留下一缕典雅醇正的古典气质。对孩子来说，从古典文化启蒙，必将终身受益。

《三字经》《弟子规》《百家姓》等是公认的优秀蒙学读物，但时过境迁，一则语言难懂，二则内容不尽合于时宜，三则需要启发示例，这就都需要对这些传统蒙书进行再加工，使之体现现代意义上的知行并重和生动活泼；其他历史故事或文学艺术启蒙教材，也要按照这两个标准编写，使之能够同时切合于古典的内容和现代教育。这些都是很难的事。

大私塾知行学馆的专家们，有强烈的文化使命感和爱心，也有很好的专业素质和蒙学经验，在他们和出版社的共同努力下，这套教材无论在内容，还是在形式上，都有上佳的呈现，非常实用。值得一提的是，这套教材的设计，还体现了大私塾亲子教育的理念。亲子教育，适应孩子的心智和情感，同时也能使父母有所感悟，并通过自己对古典文化和行为准则的思考，帮助孩子提升。父母和子女在启蒙教育中共同成长，这对两代人来说，都是弥足珍贵的人生体验。

学校传授的现代知识，可以帮助孩子很好地应对现代社会。但在漫长的人生旅程中，大部分时间要面对的是自己、家人，要面对的是习俗、传统等各种文化情境，所以，传统文化和古典修养，对于每一个中国人来说，是不可或缺的。相信通过这套丛书，能让孩子们在传统文化中受到启迪，获得裨益，让古典精神和知识在自己的心灵中成长为一股力量，从容地面向无限可能的未来。

北京师范大学文学院院长

人文素养与积学储宝

人文素养，是沟通交际的软实力。创意表达，是突破困境的万灵丹。两者的交集，就在阅读生发的能量。素养，靠日复一日的积累；表达，赖精确有效的运用。表达需要创意，才见精彩；创意仰赖文化，才能茁壮。好比储蓄与提款，想如愿地投资理财，必先储存可观的资金；又像数据库的建构与使用，如果存量不够丰富而多元，那就不能左右逢源，心想而事成。人文素养的积累和表达能力的创新，道理是一样的。其中，文化因素是之间的触媒。

“博观而约取，厚积而薄发”，是大文学家苏东坡温馨而具有智慧的提示。在苏东坡生长的北宋时代，除传统写本外，又多了印本图书。面对知识爆炸，阅读将如何抉择？东坡于是有如上述的建言。如今我们面对的知识传播，其复杂与快速，自非古人所能想象。不过，现代人每天看的报章、杂志、计算机、网络，有很多属于信息、消息，不等于知识或学问。再博观、再厚积，值得储存的知识能量毕竟有限。如何善用琳琅满目的信息，转化为所向无敌的创意，积淀为可大可久的人文素养，那肯定是另一个话题。

中华传统文化，源远流长，经过时间长河的淘洗，淬炼为优质可贵的文化遗产，体现为传世不朽的经典图书。这些图书，大部分提供给大人阅读；有一些书，适合少年儿童朗读。其中价值无限，值得永久典藏者不少。古人说“开卷有益”，又说“转益多师”，强调阅读的行动和质量，可作为座右铭。有鉴于苏东坡“博观厚积”的指引，《易经》蒙卦“匪我求童蒙，童蒙求我”之启示，一群志同道合的朋友，同心协力，成就《大私塾教养阶进丛书》用专家的材料，写出通俗的文字，作为亲子间的知识飨宴。学童经由年年岁岁的积累，春风化雨般的熏陶，对于文化精华的蕴藏自然丰厚，将来长大成人，无论约取或薄发，多可以如鱼得水，无入而不自得。所谓“书到用时方恨少”，未雨绸缪，及早储备，方是良策。

这部亲子读物，古人叫作童蒙书。就属性来说，大抵经、史、子、集都有。分享圣贤之智慧，传承人生之经验，是各书的共同特色。至于提供历史教训、处世哲学，展现人文关怀、应对诀窍，更所在多有。本丛书尤其注重实作演练，有关艺术陶冶与创意发想，于家教启蒙中，已逐渐奠定利基。这部童蒙经典，大抵皆为优质文化遗产的结晶，《易经》大畜卦称“君子以多识前言往行，以畜其德”，是指多接触古书，了解历史文化，所谓积学可以储宝。台湾师大鲁实先教授曾言：“人天生的智慧很难改变，但聪明可以学习。熟读历史，可以使人聪明！”传统文化，就是过去历史的精华，先贤用心良苦，编成《三字经》《弟子规》《五字鉴》《朱子家训》等童蒙书，认为教育应从幼童开始。用心诵读积累，当有助于将来的约取薄发。人文素养沉潜认知既深，更有助于应付世变，驾驭世变，促使创意发想成为无限可能。

阅读之于思想和素养，好比音乐之于心灵，甘霖之于沙漠，河海之于舟船。给人滋润，给人能量，给人激励，给人启发，给人反思；同时又能令人陶醉，令人感动，令人鼓舞，令人充实。至于开发潜能，升华认知，促成创意发想，更是阅读活动的必然结局和成效。心理学家说：从接收到反应，阅读很容易生发感染的气氛，形成同群效应。阅读，号称文明之声。知识飨宴的场景，是温馨美好的亲子活动图。期待这种风景，能够天天在家庭完美上演。

朱熹是位知名的理学家、大学者，读了很多书，也写了很多书。他曾作一首诗，推崇知识的惊人能量：

昨夜江边春水生，艨艟巨舰一毛轻。

向来枉费推移力，此日中流自在行。

阅读可以获取知识，知识等同能量；拥有无限的能量，人生就可以“自在行”。

愿共勉之，是为序。

張高評

台湾成功大学中文系教授

2015年8月15日

用先贤的智慧解决当下的问题

随着中国国力的日渐强大，中国成为世界的焦点，历史悠久的中华文明，也渐渐焕发出强大的生命力。1988 年，世界各国诺贝尔奖得主在法国巴黎集会，会后发表的共同宣言中就曾提到："人类要在 21 世纪生存下去，必须回到 2530 年前中国的孔子那里去寻找智慧。"

在源远流长的中国传统文化中，先贤们积累了丰富的智慧和经验，这些文化资源凝结在一个个成语、寓言和典故当中，千百年来一直为人们所传颂。在今天这样一个繁华而又浮躁的现代社会中，古人的智慧将成为我们借鉴和学习的范本。

事实上，从童蒙教育伊始，源出于诸子百家的成语和寓言都是孩子们获得养分和教益的重要"食材"。为此，我们从诸子众多的文章篇目中，选取较为典型、具有教育意义的故事，编纂成《成语故事》《寓言故事》《智慧故事》三册，组成"诸子百家"系列。通过这些故事，我们不仅可以了解如何践行传统的道德理念，让孩子们真正领会典籍中深厚的思想底蕴和人生哲理，而且还能学以致用，用先贤的智慧解决当下的现实问题。

那么，这本书应该怎么读呢？

《成语故事》

本书是儿童通过成语了解中国古代历史文化的一个切入点，它主要为四字词语，也兼有俗语和惯用语。《成语故事》要求孩子们能够了解故事出处和原意，并熟练掌握每个成语的含义，力求应用到实际生活和写作中。

典籍原文

根据成语的出处原文，了解成语的原意、引申寓意，了解它在现代汉语中的使用。

思考和练习

读一读右边的小故事，根据下面的问题思考、联想，在爸爸妈妈的帮助下了解相关知识。

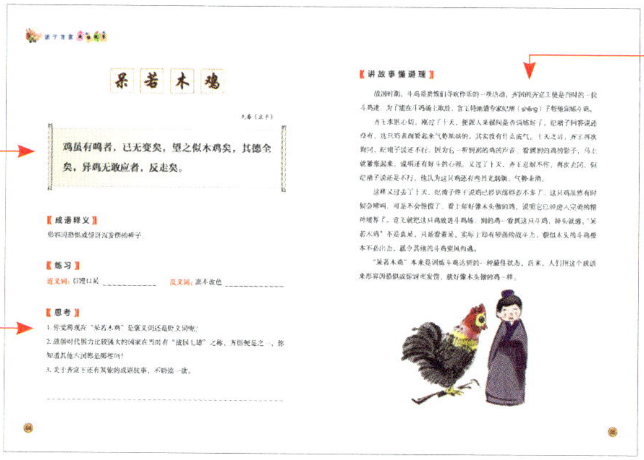

成语故事

简短有趣的小故事搭配童趣插图。请爸爸妈妈读给小朋友听，从故事中了解成语的含义。小朋友试着看图说话再给爸爸妈妈讲一遍吧。

《寓言故事》

主要选取中国古代具有深刻道理的寓言，它通过小故事反映出大道理，是孩童接受中国传统文化与伦理道德教育，养成良好生活习惯的最佳读物。

典籍原文

增加了难点字词的注音和注释，读懂古文对小朋友来说有些难，请爸爸妈妈和你一起读吧。

思考和练习

读一读右边的小故事，了解寓言故事的寓意。说一说你从这个寓言里了解学到了什么。

寓言故事

简短有趣的小故事搭配童趣插图。请爸爸妈妈读给小朋友听，从故事中了解寓言的含义。和爸爸妈妈讨论故事中的人物，想一想如果是你，你会怎么做呢。

《智慧故事》

主要选取的是能够反映中国古代人聪明才智的故事，其中很多故事已成为大众熟知的处事格言。

典籍原文

增加了难点字词的注音和注释，读懂古文对小朋友来说有些难，请爸爸妈妈和你一起读吧。

思考和练习

读一读右边的小故事，说一说你从这个故事里了解学到了什么。

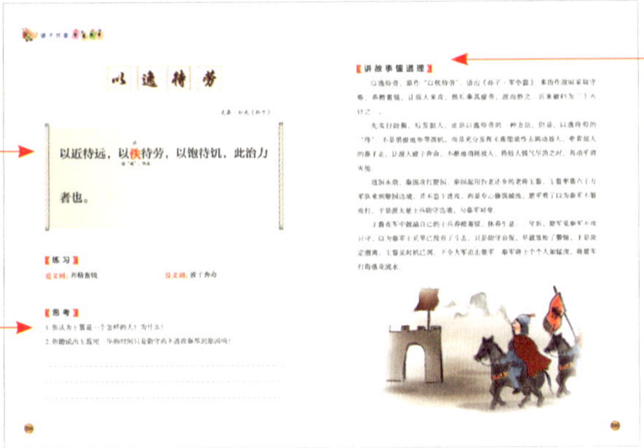

智慧故事

简短有趣的小故事搭配童趣插图。请爸爸妈妈读给小朋友听，从故事中了解故事中人物的聪明之处。和爸爸妈妈讨论故事中的人物，想一想如果是你，你会怎么做呢。

这套书结合当下社会现实，用讲故事的方式，让现在的孩子们了解这些典故的由来和运用，将古代文化与现实相结合，不但有助于孩子成语词汇的积累及语文能力的提高，还可以让孩子了解中国历史，并体会中国传统文化的精神所在。

希望孩子们通过阅读这套丛书，能够走近圣贤，懂得思考，让这些中国传统智慧焕发青春，让东方智慧走近更多人，施惠于更多人，让智慧与文化浸润人们的生活，这才是我们学习传统经典的现实意义。

目录

曲高和寡

先秦·宋玉《对楚王问》

“引商刻羽，杂以流徵，国中属而和者，不过数人而已。是其曲弥高，其和弥寡。”

本意是指音乐歌声，而引申出来是指思想见解中的意趣。 少有

【寓意】

乐曲的格调越高，能跟着唱的人就越少。原比喻知音难觅，现多用于比喻言行卓越不凡或艺术作品等高雅深奥，以至于很少有人能理解或接受。

【练习】

近义词：阳春白雪 ________　　反义词：下里巴人 ________

【思考】

1. 宋玉真的有失检的地方吗？
2. 从这个故事中我们可以看出楚王是一个什么样的人？
3. 这个故事告诉我们一个什么道理？

【讲故事懂道理】

战国时期在楚国有一个著名的文学家叫宋玉，他在楚襄王手下做事。有一次，楚襄王问他：“先生最近有行为失检的地方吗？为什么有人对你有许多不好的议论呢？”宋玉回答说：“嗯，是的大王，有这回事。请大王宽恕我，听我讲个故事吧：有一天，有一位外来人来到我们都城唱歌。他开始唱的是非常通俗的歌曲，城中有许多人都会哼唱，有好几千人跟着他一起唱。然后，他换成了还算通俗的歌曲唱了起来，城里有几百人跟他唱，比原来少了许多。后来他换成了格调比较高难的歌曲，城里能跟他一起唱的只有几十人了。最后，他又换成了唱出格调高雅的商音、羽音，又加入了流利的徵音，城里就只有几个人能跟他一起唱了。”宋玉对楚王说：“由此可见，唱的歌曲的格调越是高雅，能跟着唱的人也就越少。伟大的人有奇异的思想和行为，超出常人。一般人又怎么能理解我的所作所为呢？”楚襄王听了，说：“哦！我明白了！”

一首曲子不被人们所理解有时候并不是因为唱曲人艺术水准低，反而恰恰是因为他的艺术造诣太高导致难以被大众所接受。所以当我们面对难以接受的事物的时候不能不假思索地加以批判，而要从更为深刻的层面反思自我。

拔苗助长

先秦《孟子》

宋人有闵其苗之不长而揠之者，芒芒然归，谓其人曰：“今日病矣！余助苗长矣！”其子趋而往视之，苗则槁矣。天下之不助苗长者寡矣。以为无益而舍之者，不耘苗者也；助之长者，揠苗者也。非徒无益，而又害之。

闵：读mǐn，“悯”的通假字，担心、忧虑。
芒芒然：疲劳的样子。“芒”，指疲劳。
病：劳累、疲惫
趋：快走
槁：读gǎo，枯萎
耘：锄草
揠：读yà，拔

【寓意】

把禾苗拔起，比喻违犯事物的自身生长规律，急功近利，反而会失败。

【练习】

近义词：急功近利 ________　　反义词：循序渐进 ________

【思考】

1. 那个农民为了让自己的秧苗长高，他想到了什么办法？
2. 那些秧苗最后为什么都死了？
3. 如果你自己种这些秧苗，你会怎么照顾秧苗？

【讲故事懂道理】

在宋国的时候，有一个农民，他的性子很急，总是嫌他地里的秧苗长得慢。他每天都会围着田地转悠，而且，他每隔一小会儿就会蹲下来，用手量量秧苗，看看秧苗有没有长高。但是，秧苗还是和上次一样高，没有长。用什么办法可以使秧苗长得更快呢？他就一边转一边想，突然这个农民想到了一个好办法，他说："我把秧苗拔高，秧苗就很快长高一大截。"说做就做，他就把每一颗秧苗都拔高了一截，而且，这个农民累得满头大汗。终于，这些秧苗都长高了，他高兴地笑着回家去了。

第二天，这个农民又到了田地里，看到了田里的秧苗都死了，他伤心地哭了。

急于拔高禾苗，会让禾苗枯萎，同样，人的成长也是循序渐进的，遇事如果不从客观实际出发，急于求成，只能是好心办坏事。

二子学弈

先秦《孟子》

弈秋，通国（全国）之善弈（下棋）者也。使（让）弈秋诲（教导）二人弈，其一人专心致志，唯弈秋之为听。一人虽听之，一心以为有鸿鹄（天鹅）将至，思援弓缴（在箭上的丝绳）而射之，虽与之俱（一起）学，弗若之（指专心的人）矣。为是其智弗若与？（难道是智力不如人么？）曰：非然也。

【寓意】

做事必须专心致志，绝不可三心二意。

【小知识】

围棋起源于中国，是一种策略性两人棋类游戏，中国古时称“弈”，隋唐时经朝鲜传入日本，流传到欧美各国。围棋蕴含着汉民族文化的丰富内涵，是中国文化与文明的体现，在古代被列为“琴棋书画”四艺之一。

【思考】

1. 故事用什么的方法叙述二人对待学弈的态度？那个没有学好的学生是因为不够聪明吗？

2. 你在上课时有没有开过小差，不专心听老师讲课呢？这样做对吗？

【讲故事懂道理】

弈秋是春秋时期的围棋高手。有一次，他同时给两个学生授课。一个学生全神贯注地听弈秋讲解，一边听还一边思考；另一个学生却只听了一小会儿就心不在焉了，他不时地东张西望，总想去玩。他见有几只天鹅从空中飞过，就想：“要是能射下一只天鹅煮着吃，那该多好啊！”弈秋讲完后，让两个学生对下一局。开小差的学生勉强对付了几下就只有招架之功却无还手之力了。专心听讲的学生最终成了一名围棋高手，而开小差的学生则一事无成。

这个故事告诉我们勤奋努力地学习，终会有一天获得成功，而如果一味地偷懒贪玩，则只会荒废时光，最终一无所获。二子在学棋的态度上形成了一个鲜明的对比，一个专心致志，一个三心二意，结果就可想而知了。

五十步笑百步

先秦《孟子》

梁惠王曰："寡人之于国也，尽心焉耳矣。河内凶，则移其民于河东，移其粟于河内；河东凶亦然。察邻国之政，无如寡人之用心者。邻国之民不加少，寡人之民不加多，何也？"孟子对曰："王好战，请以战喻。填然鼓之，兵刃既接，弃甲曳兵而走。或百步而后止，或五十步而后止。以五十步笑百步，则何如？"曰："不可。直不百步耳，是亦走也。"

焉耳矣：都是句末助词，重叠使用，表示加强语气。
粟：读 sù，谷子
加：更
好：读 hào，喜欢
请以战喻：请允许我用战争来做比喻
既：已经
或：有的人
直：只是、只不过

【寓意】

作战时后退五十步的人讥嘲笑后退百步的人。是指自己跟别人有同样的缺点，只不过是程度轻一些，实质却是一样的。

【练习】

近义词：半斤八两 ____________　　反义词：天壤之别 ____________

【思考】

1. "五十步笑百步"为何不对？
2. 想一想，你有没有见过类似的事情呢？

【讲故事懂道理】

梁惠王说:“我对于国家的治理，可以说是尽心尽力。河内常年发生灾害，就把河内的老百姓迁移到河东去了，并且把收成好的河东地区的粮食运到河内。有时候，河东地区发生灾害，我也是这样解决的。但是，当我看到邻国当政者的执政做法，不如我用心，然而，邻国的百姓没有减少，我的百姓也没有增多，这是为什么呢？”孟子回答说:“大王你喜欢打仗，我就以打仗来说吧。战场上，两军交战，战鼓一响，战斗就开始了，作战的时候双方短兵相接，有的人把盔甲丢了，有的人抱着兵器就逃跑。有的士兵跑了一百步停了下来，有的士兵跑了五十步停了下来。这时，那些跑了五十步的士兵就嘲笑那些跑了一百步的士兵，您觉得这种嘲笑对吗？”梁惠王说:“不对，他们不过没有跑够一百步而已，但都是临阵脱逃！”

生活中，我们有时候会有着跟别人同样的缺点错误，只是程度轻一些，这时我们不应该毫无自知之明地讥笑他人，而是应该反思自己的缺点。

井底之蛙

先秦《庄子》

“子独不闻夫埳井之鼃（读 wā，青蛙）乎？谓东海之鳖曰：‘吾乐与！出跳梁乎井干之上，入休乎缺甃（读 zhòu，指砖砌的井壁）之崖；赴水则接腋持颐（读 yí，下巴），蹶泥则没足灭跗（读 fū，脚背）；还虷、蟹与蝌蚪，莫吾能若也！且夫擅一壑（读 hè）之水，而跨跱（读 zhì，站立）埳井之乐，此亦至矣。……”

【寓意】

在井底的青蛙只能看到和井口一样大的天，比喻见识短浅，没有远见，思路狭窄。

【练习】

近义词：一孔之见 ______________　　反义词：见多识广 ______________

【思考】

1. 青蛙为什么会觉得自己的居室特别好？
2. 青蛙最后怎么了？
3. 你从这个故事中明白了什么道理？

【讲故事懂道理】

有一只青蛙，长年累月住在一口枯井里面。它对它在枯井里面的生活满意极了，只要有机会，它就会当中吹嘘自己。有一天，青蛙吃完了饭，蹲在井口上休息，突然看见有一只大海鳖在散步。青蛙就赶紧喊："喂，海鳖兄，你过来，快过来！"于是，海鳖就爬到井口旁边。青蛙就对海鳖说："今天你运气真好，我让你看看我的居室，我的居室就像是天堂，特别大，来看看吧。"海鳖就往井里面看了看，只见井底积了一摊泥水，还有臭味。海鳖急忙收回了头，青蛙就说："怎么样？是不是很棒？我就住在这里！晚上可以在井口边休息一下，还可以在里面洗洗澡，舒舒服服地睡觉。那些小虫子、螃蟹都羡慕我呢！……"海鳖对青蛙说："你有没有见过海，海水无边无际，海的水位从不会发生变化。青蛙弟，我就生活在海里……"青蛙听傻了，眼睛鼓得特别大，半天都合不上。

井底之蛙见识短浅，只能看到井口那么大的一块天，还以为那就是全世界。人如果不多学习，就会成为井底之蛙。

邯郸学步

先秦《庄子》

"子往呼！且子独不闻夫寿陵余子之学行于邯郸与？未得国能，又失其故行矣，直匍匐而归耳。今子不去，将忘子之故，失子之业。"

邯郸：读 hán dān，河北省地名，是战国时赵国的都城。

匍匐：读 pú fú，爬行

【寓意】

比喻一味地模仿别人，不仅没有学到东西，而且把自身的优势也失去了。

【练习】

近义词：鹦鹉学舌 ________　　反义词：标新立异 ________

【思考】

1. 这个人为什么要去学步？经过怎样？结果怎样？
2. 联系生活，谈谈我们在生活中怎样做人做事？应该怎样去学习他人的长处？
3. 展开想象，想一想这个人回国之后，会发生什么事情？

【讲故事懂道理】

从前，燕国有一位少年长相中等，不愁吃穿，唯一的缺点就是缺乏自信。他觉得事事低人一等，衣服是人家的好看，饭菜是人家的香，连站姿坐相都觉得是人家的高贵优雅。他见什么学什么，但是却学不好，还把自己原来会的都给忘了。

亲戚、邻居都劝他改掉这个毛病，但是他觉得他们管得太多，根本就不听其他人对他的意见。日久天长，他竟怀疑自己的走路姿势不好看，太丑了。

有一天他上街，听说邯郸的人走路姿势好看。邯郸人走路姿势有多美呢？这成了他的一块心病。有一天，他瞒着家里的人，跑到遥远的邯郸。到了邯郸，他觉得到处都是新鲜的。看到小孩子走路，他觉得很活泼，就开始学。看到老人走路，他觉得很稳重，就开始学。看到女人走路，他觉得摇摆多姿，就开始学。就这样，半个月过去了，他连路都不会走了，路费也花完了，只好爬着回家了。

燕国少年缺乏自信，做人做事总喜欢一味模仿别人，结果最终失去自我。这告诉我们，向他人学习的时候也要讲究方法，不能生搬硬套，否则会得不偿失。

东施效颦

先秦《庄子》

"故西施病心而**矉**其里，其里之丑人见而**美**之，归亦捧心而矉其里。其里之富人见之，坚闭门而不出；贫人见之，**挈**妻子而去之走。"

矉：读 pín，"颦"的通假字，皱眉头

美：认为……美

挈：读 qiè，携、带

【寓意】

比喻模仿别人，不但模仿不好，反而出丑。

【练习】

近义词：画虎不成反类犬 ________________

反义词：取长补短 ______________

【思考】

1. 东施学西施之后，村里面的人为什么都要远离她？请说出原因？

2. 东施学了西施之后，就会变成美女吗？请分析。

3. 你明白了什么道理？

【讲故事懂道理】

春秋战国时代，越国有一个美女，她叫西施。她的言谈举止都惹人喜爱，而且，只需要淡妆和朴素的衣服，就会特别美。

西施一直都有心口疼的毛病，她在心口疼的时候会用手捂住心口，双眉皱起，流露出娇柔的女性美。乡里面的人觉得这样的她更美。

乡下有一个丑女人，名字是东施。东施动作粗俗，大大咧咧，说话也大声大气。东施做梦都想变成美女。

有一天，东施看到西施捂着胸口，皱起眉头的样子博得大家的青睐。于是，她就学着西施的样子，双手捂着胸口，并且皱起眉头。这样矫揉造作的样子更难看，村里面的人看到她，都会远远地离开她。

爱美之心人皆有之，但我们不应不顾自身的条件，盲目地去模仿别人，那样结果只会适得其反。

庖丁解牛

先秦《庄子》

庖丁为文惠君解牛，手之所触，肩之所倚，足之所履，膝之所踦，砉然响然，奏刀騞然，莫不中音。合于《桑林》之舞，乃中《经首》之会。

踦：读 yǐ，是支撑、接触
騞：读 huō，象声词
中：读 zhòng，合乎

文惠君曰：“嘻，善哉！技盍至此乎？”

盍：怎么

庖丁释刀对曰：“臣之所好者，道也，进乎技矣。始臣之解牛之时，所见无非牛者。三年之后，未尝见全牛也。方今之时，臣以神遇而不以目视，官知止而神欲行。依乎天理，批大郤，导大窾，因其固然，技经肯綮之未尝，而况大軱乎！良庖岁更刀，割也；族庖月更刀，折也。今臣之刀十九年矣，所解数千牛矣，而刀刃若新发于硎。彼节者有间，而刀刃者无厚；以无厚入有间，恢恢乎其于游刃必有余地矣，是

道：指自然的规律。
官：感官
郤：读 xì，“隙”的通假字，缝隙
窾：读 kuǎn，空隙
綮：读 qìng，筋骨结合处
軱：读 gū，大骨
割：这里指刀是割断筋肉割坏的。
折：这里指刀是砍断骨头砍坏的。
硎：读 xíng，磨刀石
恢恢乎：指宽绰的样子

以十九年而刀刃若新发于硎。虽然，每至于族，吾见
指筋骨交错聚结的地方

其难为，怵然为戒，视为止，行为迟。动刀甚微，謋
读huò，象声词，指骨肉离开的声音

然已解，如土委地。提刀而立，为之四顾，为之踌躇

满志，善刀而藏之。”
是“缮”的通假字，意思是修缮，这里指擦拭

文惠君曰：“善哉，吾闻庖丁之言，得养生焉。”

【寓意】

比喻经过反复练习与实践，非常好地掌握事物的客观规律，做事的时候得心应手，运用自如。

【练习】

近义词：得心应手 ________　　反义词：一筹莫展 ________

【思考】

1. 作为厨师的庖丁的解牛的技术为什么这么熟练？他追求的是什么？
2. 文慧王说他懂得了养生的道理，那么解牛之道和这种“养生”之道有什么联系？
3. 从这个故事中你明白了什么道理？

【讲故事懂道理】

厨师为文惠王宰牛。厨师手所碰的地方，肩膀倚靠的地方，脚踩的地方，连膝盖顶着的地方，都在哗哗作响，进刀时霍霍地，全都合乎音律的，时而合乎《桑林》舞乐的节拍，时而合乎《经首》乐曲的节奏。

文惠王说：“好！你解牛的技术竟会高超到这种程度？”

厨师放下刀回答说：“我所探究的是事物自身的规律，这已经超过了对于宰牛技术的追求。我刚开始宰牛的时候，眼里所看到的全部是牛；过了三年，在我的眼里已经不是整头的牛了。现在，我全凭精神和牛接触，而不是用眼睛去看，停止了对视觉的依赖。依照牛本身的天然结构，首先将刀击入牛体筋骨相接的缝隙，然后顺着骨节间的空处使刀，依照牛本来的构造，宰牛的刀从没有碰过筋脉经络相连处和筋骨结合处，更何况大骨呢！技术好的厨师每年都会更换一把刀，他们都是用刀硬割断筋肉；技术一般的厨师每隔一个月就得换一把刀，他们是用刀砍断骨头。现在，我的刀用了十九年，经过我手宰的牛有几千头了，现在我的刀刃仍旧锋利，像刚从磨出来的一样。牛的骨节有间隙，刀刃很薄；用薄薄的刀刃插在有空隙的骨节，刀刃会游刃有余地运转！所以，十九年来，我的刀刃还是很锋利。但是，解牛时会碰到筋骨聚结的地方，每到那里会很难下刀，我就小心翼翼、提高警惕，思想集中到一点，动作缓慢，豁啦一声，那难以解开的地方就解开了，牛就像泥土一样散落在地上。我就提着刀，看着此景，心里悠然自得，最后把刀擦抹干净，收藏起来。”

文惠王说：“好！听了你的话，我懂得了养生的道理了。”

厨师经过多年的实践，掌握了客观规律，并且懂得了顺应这种规律，因而能够游刃有余。我们在生活中也应当将所学技艺反复练习，这样才能够运用自如。

望洋兴叹

先秦《庄子》

秋水时至，百川灌河。泾流之大，两涘(读sì，水边)渚崖之间，不辨牛马。于是焉，河伯欣然自喜，以天下之美为尽在己。顺流而东行，至于北海，东面而视，不见水端。于是焉河伯始旋(改变)其面目，望洋向若而叹曰:“野语有之曰:‘闻道百，以为莫己若者。’我之谓也。且夫我尝闻少(以及下文“轻”，都是意动用法，“认为……少”、“认为……不值得看重”)仲尼之闻，而轻伯夷之义者，始吾弗信。今我睹子之难穷也，吾非至于子之门，则殆(危险)矣，吾长见(被)笑于大方之家(指修养极高的人)。”

【寓意】

在伟大的事物面前感叹自己的渺小，现在指做事时因为不能胜任而感到无可奈何。

【练习】

近义词：无可奈何 ________________　　反义词：目空一切 ________________

【思考】

1. 起初河伯以为黄河是最大，他的想法对吗？为什么呢？

2. 读过这个寓言故事之后，你得到了什么启示？

【讲故事懂道理】

在很久很久以前，黄河里住着一位河神，人们叫他河伯。每当秋雨来临，河伯就站在岸上，望着千百条河川滚滚的河水由西而来，又奔腾跳跃向东流去，兴奋地说："黄河真大呀，天下没有哪条河能和它比较。我就是最大的水神啊！"然而有人告诉他："你不是最大的，你的话不对，在黄河的东面有个地方叫北海，那才真叫大呢。"河伯自傲地说："我不信，北海再大，能大得过黄河吗？"那人说："别说一条黄河，就是千条万条黄河的水流进北海，也装不满它。"河伯依然固执地说："我不相信。世界上没有比黄河更大的河了"。那人无可奈何，告诉他："有机会你去看看北海，就明白我的话了。"

河伯为了验证自己的壮大，就顺流东下，到了北海。当河伯向东望去，看见海水茫茫无际，大惊失色，不禁观望着北海向海神发出感叹："俗话说：'道理知识懂得多一点的人，便以为自己比谁都强。'说的就是我啊！我如果不到北海这里来看一看，那就糟糕了，我将永远被那些有学问、有见识的人讥笑。"

这个故事告诉我们，山外有山，人外有人，任何时候，我们都不能骄傲自大。

朝三暮四

先秦《庄子》

“狙公赋芧，曰：‘朝三而暮四。’众狙皆怒。曰：‘然则朝四而暮三。’众狙皆悦。名实未亏而喜怒为用，亦因是也。”

狙公：指爱养猴子的人。狙，指猴子。
芧：读xù，橡实
朝：早晨
暮：傍晚

【寓意】

原指玩弄手法欺骗人。后用来比喻常常变卦，反复无常。现在多用于比喻常常变卦，反复无常，或者用来比喻花心，想得太多。

【练习】

近义词：朝令夕改 ________　　反义词：墨守成规 ________

【思考】

1. 老人做了什么使猴子不高兴？

2. 这个故事告诉我们一个什么道理？

【讲故事懂道理】

古时候，有一个养猴子的老人，老人经常和猴子生活在一起，时间久了，这个老人和猴子竟然能沟通了。老人每天早晚都会分给每只猴子四颗栗子。几年之后，猴子的数目越来越多，老人感到经济压力大，于是他就想把每天的栗子由八颗改为七颗，于是他就和猴子们商量说："从今天开始，我每天早上给你们三颗栗子，晚上还是照常给你们四颗栗子，好不好啊？"猴子们听了，都认为早上怎么少了一个？于是一个个就开始吱吱大叫，到处乱跳，非常不愿意。老人看到这个情形，连忙改口说："那么我早上给你们四颗，晚上再给你们三颗，这样可以了吧？"猴子们听了，以为早上的栗子已经由三个变成四个，跟以前一样，就高兴地跳了起来。

这个故事原来是指用诈术欺骗人，后来用以比喻常常变卦，反复无常，没有原则，让人捉摸不定。

杞人忧天

先秦《列子》

杞国有人忧天地崩坠，身亡所寄，废寝食者。又有忧彼之所
同“无”，没有
忧者，因往晓之，曰：“天，积气耳，无处无气。若屈伸呼吸，
开导
终日在天中行止，奈何忧崩坠乎？”？其人曰：“天果积气，日、月、星宿，不当坠耶？”？晓之者曰：“日、月、星宿，亦积气中之有光耀者，只使坠，亦不能有所中伤。”？其人曰：“奈
即使 打中击伤
地坏何？”？晓之者曰：“地，积块耳，充塞四虚，无处无块。若躇步跐蹈，终日在地上行止，奈何忧其坏？”其人舍然大
泛指人的站立行走。躇，读 chú，立。步，走。跐，读 cí，踩。蹈，踏。 指释然、放心的样子
喜，晓之者亦舍然大喜。

【寓意】

比喻为没有根据或者不必要的事情担心。

【思考】

1. 那个杞国人都在担心什么问题？你觉得他有没有必要去担心那些问题？

2. 如何看待那个开导的好心人的解释？

3. 科学家们已经探明了天体宇宙的运行规律，你知道吗？查查资料用自己的话给杞人解释天为什么不会塌。

【讲故事懂道理】

古时候杞国有一个人担心天会塌、地会陷，自己将会无处存身，常常吃不下去饭、睡不着觉。另外一个杞国人知道了这个情况就去劝解他，说：“天是由气体聚集在一起的，你的举动、呼吸，都是在空气里完成的，你怎么会担心天会塌陷呢？”

那人说：“天是由气体聚集成的，那日、月、星、辰不就会掉下来了？”

开导他的那个人说：“日、月、星、辰都是会发光东西，即使掉下来，也不会伤害什么？”

那人说：“那如果地陷下去了怎么办呢？”

开导他的那个人说：“地是堆积起来的土块，填满了四处，每处都有，你行走跳跃，整天都是在地上活动，怎么还会担心地会陷下来？”

后来，那个杞国人才放心，很开心；开导他的那个人也放心了，也非常的高兴。

后来，人们常用“杞人忧天”这人成语来形容不必要的无根据的忧虑。

愚公移山

先秦《列子》

太行，王屋二山，方七百里，高万仞。本在冀州之南，河阳之北。

北山愚公者，年且九十，面山而居。惩山北之塞，出入
将近　　惩：苦于

之迂也。聚室而谋曰：“吾与汝毕力平险，指通豫南，达于汉
迂：读 yū，指绕远道。　毕力：尽全力　指：一直

阴，可乎？”杂然相许。其妻献疑曰：“以君之力，曾不能损
曾：“连……也……”

魁父之丘，如太行、王屋何？且焉置土石？”杂曰：“投诸渤
焉：是疑问代词，哪里

海之尾，隐土之北。”遂率子孙荷担者三夫，叩石垦壤，箕畚
荷：读 hè，扛　箕畚：读 jī běn，用箕畚装土石

运于渤海之尾。邻人京城氏之孀妻有遗男，始龀，跳往助之。
龀：读 chèn，指儿童换牙齿，乳齿脱落后重新长恒齿。这里始龀表示年龄，指七八岁。

寒暑易节，始一反焉。
才往返一次。反，通“返”，往返

河曲智叟笑而止之曰：“甚矣，汝之不惠！以残年余力，
叟：读 sǒu，老头　惠：同“慧”，聪明；不惠，指愚蠢

曾不能毁山之一毛，其如土石何？”北山愚公长息曰：“汝心

之固，固不可彻，曾不若孀妻弱子。虽我之死，有子存焉；子
你思想顽固，顽固到了不可改变的地步。彻，通。

又生孙，孙又生子；子又有子，子又有孙；子子孙孙无穷匮也，
读 kuì，竭尽

而山不加增，何苦而不平？”河曲智叟亡以应。
指没有话来回答。亡，读 wú，通“无”

操蛇之神闻之，惧其不已也，告之于帝。帝感其诚，命
神话中手里拿着蛇的山神

夸娥氏二子负二山，一厝朔东，一厝雍南。自此，冀之南，汉
神话中力气很大的神　读 cuò，同“措”，放置　雍州，在现今陕西、甘肃省一带地区

之阴，无陇断焉。

【寓意】

比喻注意做事情有毅力，有恒心，坚持不懈。

【练习】

近义词：精卫填海 ________　　反义词：虎头蛇尾 ________

【思考】

1 愚公移山会遇到哪些困难？

2. 智叟与愚公的在移山的问题上分歧在哪里？

3. 从这个故事中，你明白了什么道理？

【讲故事懂道理】

太行、王屋两座山，占地方圆七百里，高七八千丈，之前在冀州的南部，黄河的北部。

北山有位叫愚公的人，年纪差不多九十，在山的对面居住着，他苦于在山的北面交通堵塞，来回都要绕很远的路。他就聚集全家人，商量："我们要尽力去铲除这座大山，使道路通向豫州南部，到达汉水南岸，可以吗？"大家都表示赞成。他的妻子说："凭借你的力量，魁父这座小山你都铲不平，怎么能把太行、王屋这两座大山铲平呢？况且，把铲下来的石头放到哪里去呢？"众人都提意见说："把它放在渤海边上，隐土的北面。"于是愚公就带领子孙中的三人上山了。他们凿石掘土，用箕畚装土石，运到渤海边上。

河曲智叟知道了这件事情，就嘲笑阻止愚公，说："你太不聪明了！凭你的年岁和力量，甚至不可能毁掉山上的一草一木，又能把山上的泥土、石头怎么样呢？"愚公说："你的思想太顽固了。即使我死了，还有我的儿子，儿子又生孙子，孙子又生儿子，儿子又有儿子，子子孙孙没有穷尽，这山的高度不会增加，怎么会担心挖不平呢？"河曲智叟无话可答。

手里拿着蛇的山神听说了这件事情，害怕他不停地干，就向玉帝说了这件事情。玉帝被他的诚心感动了，命令大力神夸娥氏的两个儿子背着两座山，一座放在朔东，一座放在雍南。之后，冀州的南部到汉水南岸再也没有高山阻隔了。

愚公的成功在于他有持之以恒的决心和勇气，这份决心和勇气感天动地，最终让他实现了梦想。在追求成功的道路上难免会遇到困难和质疑，这个时候，我们要坚持自己内心的信念，才能最终走向成功。

杨布打狗

先秦《列子》

杨朱之弟曰布，衣素衣而出。天雨，解素衣，衣缁衣而反。其狗不知，迎而吠之。杨布怒，将扑之。杨朱曰："子无扑矣，子亦犹是也。向者使汝狗白而往黑而来，岂能无怪哉？"

衣：穿　雨：下雨　素：白色的　缁：读zī，黑色　吠：（狗）大叫　将：打算　扑：打、敲　无：同"毋"，不，不要　犹是：像这样　向者：刚才　使：假使，假若　岂：怎么

【寓意】

一旦遇到事情，要先看看自己有没有错误，不要马上怪罪于人。

【小知识】

杨朱，战国时期魏国（一说秦国）人，杨姓，字子居，中国战国初期伟大的思想家、哲学家，主张"贵己""重生""人人不损一毫"的思想，是道家杨朱学派的创始人。

【思考】

1. 想一想，你在生活中遇到了问题，是先找自身的原因，还是找别人的问题呢？
2. 说一说，你从这个故事中学到了什么道理。

【讲故事懂道理】

从前，在一个小山村，住着一户姓杨的人家，这户人家有两个儿子，大儿子叫杨朱，小儿子叫杨布。有一天，弟弟杨布穿着一身白色的衣服兴致勃勃地出门访友。在快到朋友家的路上，不料天空突然下起雨来了，雨越下越大，杨布正走在前不着村、后不落店的山间小道上，只好硬着头皮顶着大雨，被淋得落汤鸡似地跑到了朋友家。杨布在朋友家脱掉了被雨水淋湿了的白色外衣，穿上了朋友的一身黑色外套。晚上拜访完朋友杨布就穿着朋友的一身黑色衣服回家。杨布家的狗却不知道是自家主人回来了，从黑暗中猛冲出来对他汪汪直叫。杨布被狗这突如其来的狂吠声吓了一跳，十分恼火，顺手在门边抄起一根木棒要打那条狗。这时，哥哥听到了声音，立即从屋里出来，一边阻止杨布用木棒打狗，一边唤住了正在狂叫的狗，并且说："你不要打它啊！应该想想看，你白天穿着一身白色衣服出去，这么晚了，又换了一身黑色衣服回家，假若是你自己，一下子能辨得清吗？这能怪狗吗？"

这则寓言告诉我们，一旦遇到事情，要先看看自己有没有错误，不要马上怪罪于人。

自相矛盾

先秦《韩非子》

楚人有鬻（读yù，卖）盾与矛者，誉（称赞，这里有夸耀、吹嘘的意思）之曰："吾盾之坚，物莫能陷（刺破）也。"又誉其矛曰："吾矛之利，于物无不陷也。"或曰："以（用）子之矛，陷子之盾，何如？"其人弗（不）能应（回答）也。夫不可陷之盾与无不陷之矛，不可同世而立。

【寓意】

矛，长矛，进攻敌人的刺击武器；盾，保护自己的盾牌。比喻一个人说话、行动前后抵触，不一致。

【练习】

近义词：前后抵触 ________　　反义词：天衣无缝 ________

【思考】

1. 故事中卖兵器的人说了什么大话？
2. 这个故事主要讲述了一件什么事情？
3. 如果你是围观的群众，你会有什么想法？

【讲故事懂道理】

很久以前，在楚国有一个卖兵器的人，他既卖矛又卖盾。为了在集市上吸引顾客的注意，他激动地夸耀自己的盾，说：“我卖的盾是非常坚固的，用世界上任何尖锐的东西，都没有办法把它穿破！”在夸耀完盾之后，他又立刻夸耀起自己卖的矛。他自豪地说：“我的矛是天下最锐利的矛，世界上没有什么东西是我的矛穿不破的！”他自信满满地等着人们争相购买他的兵器，以为大家都被他说的话吸引了。意想不到的是，人群中忽然有个人问他：“那么，如果用你的矛去刺你的盾，会有怎样的结果呢？”那个卖兵器的被问得一句话都说不出来，不知道如何应对才好。

无法被刺穿的盾牌和无坚不摧的长矛，是不可能同时存在的。这个楚国人片面地夸大了矛和盾的作用，结果出现了无法自圆其说的局面。后来，人们用“自相矛盾”来比喻说话做事前后抵触，不能自圆其说。

守株待兔

先秦《韩非子》

宋人有耕田者。田中有**株**（树桩），兔**走**（跑）触株，折颈而死。**因**（于是、就）释其**耒**（读lěi，是一种农具）而守株，**冀**（希望）复得兔。兔不可复得，而**身**（自己）**为**（被，表示被动）宋国笑。今欲以先王之政，治当世之民，皆守株之类也。

【寓意】

比喻不希望经过努力而得到成功的侥幸心理。现在也比喻死守狭隘经验。

【练习】

近义词：刻舟求剑 ________　　反义词：随机应变 ________

【思考】

1. 为什么这个农民不应该每天坐在大树下等野兔呢？
2. 反省自己有没有做过类似的事情？
3. 这个农民的心态像不像买公益彩券呢？

【讲故事懂道理】

从前，宋国有个农民，他坚持每天都到地里劳动，十分辛苦。渴了、饿了，就停下来吃点自己带的干粮。累了，就靠在田头大树下，打个盹儿。一天，他正坐在树下休息，忽然，看见一只野兔向他这边猛地跑了过来，也许野兔本就是因为猎人追赶，并且受伤了；也许这只兔子太毛躁了，自己疏忽大意。总之，它一头撞在了旁边的大树墩儿上，马上就死了。农民高兴地跳了起来，捡起兔子，回家剥了、煮了，美美地吃了一顿，心想："既然坐在树底下就能捡到野兔，我干吗还那么辛苦地种庄稼呢？"

从此之后，他就扔掉了锄头，每天坐在树底下等着野兔撞在树上，从早上到晚上，从春天到秋天。

可惜他再也没有看见另一只不走运的野兔撞在树上，而他的庄稼颗粒无收。

"守株待兔"后来被用来比喻妄想不劳而获，或死守狭隘的经验，不知道变通。

买椟还珠

先秦《韩非子》

楚人有卖其珠于郑者，为木兰之柜，薰以桂、椒，缀以珠玉，饰以玫瑰，辑以羽翠。郑人买其椟而还其珠。此可谓善卖椟矣，未可谓善鬻珠也。

其：代词，指他的
为：做、制造
以：用
椒：指花椒，香料
玫瑰：指一种美丽的玉石
辑：同“缉”，连缀
椟：读dú，盒子
善：擅长，善于
鬻：读yù，卖

【寓意】

买下木匣，退还了珍珠。比喻那些没有眼光，取舍不当，只重外表，不注重实质的人。又讽刺那些不了解事物本质，舍本逐末、弃主求次的人。

【练习】

近义词：舍本逐末 ________　　反义词：去粗取精 ________

【思考】

1. 楚国人为什么要给珍珠做一个盒子？
2. 郑国人是喜欢上了珍珠，还是喜欢上了盒子？
3. 谈谈你对郑国人的看法。

【讲故事懂道理】

从前有一个楚国人，他有一颗非常漂亮的珍珠，想把珍珠卖出去。这个楚国人为了能把珍珠卖一个好的价钱，就找来了名贵的香木，给珍珠做了一个盒子，还在盒子上雕刻了漂亮的图案，熏染上芬芳的味道。

有一天，一个郑国人来到楚国人的珠宝店里看到了这个精致美丽的盒子，爱不释手，于是就出高价钱把盒子买了下来。过了几天这个郑国人又回来了，楚国人以为郑国人后悔了要退货，没等楚国人开口，郑国人就对楚国人说："先生，我买了你的盒子，回去后发现里面有一颗珍珠，我想是您把这个珍珠忘在盒子里了，今天我特意回来归还珍珠的。"郑国人把珍珠交给了楚国人就走了。

楚人拿着被退回的珍珠，脸上充满了疑惑的表情。

故事中的郑人没有眼光，取舍不当；楚人过度包装，本末倒置。所以说，我们应分清主次，不能取舍不当，本末倒置，喧宾夺主。

郑人买履

先秦《韩非子》

郑人有欲买履者，先自度其足而置之其坐。至之市而忘操之。已得履，乃曰："吾忘持度。"反归取之。及反，市罢，遂不得履。人曰："何不试之以足？"曰："宁信度，无自信也。"

欲：将要，想要　履：读 lǚ，鞋　而：然后　坐：同"座"，指座位　操：动词，拿、携带　度：读 dù，指量好的尺码　反：通"返"，返回　罢：结束　遂：于是　宁：读 nìng，宁可，宁愿

【寓意】

这个故事说的是郑国人因过于相信"尺度"，结果反而买不到鞋子，揭示了郑人拘泥于教条的心理。讽刺只信教条，而不顾实际的人。

【练习】

近义词：生搬硬套 ________　　反义词：随机应变 ________

【思考】

1. 这个郑国的人最后为什么没有买到鞋子？
2. 郑国的人宁愿相信自己量好的尺码，也不相信自己的脚。这说明他是什么样的人？
3. 这个故事说明一个什么道理？

【讲故事懂道理】

从前，有一个郑国人想要给自己买一双鞋子，他先测量好自己脚的尺码，并把量好的尺码放在床上，想着去集市时把它带上就万无一失了。可是等到他兴冲冲地赶到集市后，突然发现自己把量好的尺码遗忘在家里，并没有带出来。因此，他十分焦急，即使已经把鞋子拿到手上了，却对商铺老板说："我忘记带量好的尺码了，得回家取才能买到合适的鞋。"于是急忙返回家去取。等到他返回集市的时候，集市已经散去了，最后这个郑国人没能买到鞋。

于是有人问他说："你为什么不用自己的脚去试一试呢？"他说："我宁愿相信我量好的尺码，也不相信自己的脚。"

这个郑国人只相信量脚得到的尺码，而不相信自己的脚，不仅闹出了大笑话，而且连鞋子也买不到，成为了笑柄。这个故事告诉我们，遇事要实事求是，学会灵活变通，不要死守教条，墨守成规。

滥竽充数

先秦《韩非子》

齐宣王使人吹竽，必三百人。南郭处士请为王吹竽，宣王说之，廪食以数百人。宣王死，湣王立，好一一听之，处士逃。

竽：读 yú，一种古代乐器

处士：古代称有学问、有品德而没有做官的人为处士，相当于“先生”。

说：通“悦”，对……感到高兴

湣：读 mǐn

立：继承王位

【寓意】

滥：失实的，假的。充：冒充。意思是说不会吹竽的人混在吹竽的队伍里充数。比喻无本领的冒充有本领，不好的冒充好的。有时候也用来表示自谦，说自己水平不够，只是凑个数而已。

【练习】

近义词：名不副实 ________________　　反义词：货真价实 ________________

【思考】

1. 在我们周围有没有类似滥竽充数这样的事呢？
2. 你愿意做南郭先生这样的人吗？
3. 生活中我们应怎样做？

【讲故事懂道理】

齐宣王喜爱音乐，特别喜欢听吹竽，每次都会叫三百人的乐队一齐吹竽。

一位南郭先生听说了齐宣王的这个癖好，于是到齐宣王那里去吹嘘自己，说："大王，我是有名的乐师，听过我吹竽的人没有不被感动的。"齐宣王听到后毫不思索就收下了他。南郭心里得意极了，因为他压根儿就不会吹竽还能混入乐队中，并享受优待。此后，每逢奏乐时，他就捧着竽混在队伍中，学着别人的模样，装出一副忘我的样子，看上去和别人一样吹奏得挺投入。

几年后，宣王的儿子齐湣王继承了王位。湣王虽也爱听吹竽，可是他喜欢欣赏独奏。于是要求乐队中的人轮流独奏。滥竽充数的南郭先生因此十分恐慌，惶惶不可终日。最终知道这次再也混不过去了，于是连夜收拾行李逃走了。

像南郭先生这样不学无术靠蒙骗混饭吃的人，骗得了一时，骗不了一世。假的就是假的，最终会因逃不过实践的检验而被揭穿。我们想要成功，唯一的办法就是勤奋学习，只有练就一身本领，才能抵挡住一切困难、挫折和考验。

蛤蟆与晨鸡

先秦《墨子》

子禽问曰："多言有益乎？" 墨子曰："虾蟆蛙蝇，日夜恒
人名，是墨子的学生　　指好处　　常常

鸣，口干舌擗，然而不听。今观晨鸡，时夜而鸣，天下
读 bì，同"敝"，困、疲劳　　按时

振动。多言何益？唯其言之时也。"

【寓意】

说话行事，要切合时宜，否则会适得其反，达不到效果。

【练习】

造句：______________________________

【思考】

1. 蛤蟆、青蛙还有苍蝇为什么一直叫个不停？
2. 你认为多说话有好处吗？
3. 这个故事告诉了我们一个什么道理？

【讲故事懂道理】

古代的时候，墨子有一个学生叫子禽，有一天子禽问墨子："老师，关于多说话这一点您认为有好处吗？"

墨子平静地回答说："田野池塘边的蛤蟆、青蛙，还有那些让人讨厌的苍蝇，它们无论是白天还是昼夜，总是叫个不停，希望用自己的叫声来显示自己的存在。但是，它们即使一直不停地叫，甚至口干舌燥、疲惫不堪，也没有谁会去注意它们到底在叫些什么，人们只会当作没有听到，甚至对这样的声音感到厌烦。但是早晨公鸡的鸣叫却能使人们为之所动。晨鸡每天只是在黎明到来时才鸣叫。人人闻鸡起舞，开始一天的劳作。通过两者对比，你以为说话多能有什么好处呢？话的多少并不重要，重要的是能准确地把握时机，努力把话说到正点子上，这样才能引起他人的注意，收到预想的效果啊！"

楚王好细腰

先秦《墨子》

昔者楚灵王好士细腰，故灵王之臣皆以一饭为节，胁息

士：大臣　故：所以　一饭：每天吃一顿饭　节：限制，节制

然后带，扶墙然后起。比期年，朝有黧黑之色。

带：束带　比：等到，及至　期年：一周年　黧黑：黑中带黄的颜色，黧读 lí

【寓意】

对于位高权重的人物来说，提倡什么，反对什么，须谨慎行事，否则就会带来严重后果。

【练习】

成语接龙：楚王好细腰 — 腰缠万贯 — ________ — ________

【思考】

1. 大臣们问什么要饿着肚子把自己的腰勒得细一点呢？

2. 想一想，在生活中你会不会根据别人的喜好来改变自己的行为习惯呢？

【讲故事懂道理】

楚灵王，本名围，是楚共王的次子，杀了侄儿楚郏敖之后自立，即位后改名熊虔。

从前，楚灵王喜欢读书人有纤细的腰身，所以朝中的一班大臣，唯恐自己腰肥体胖，失去宠信，因而不敢多吃，每天都是吃一顿饭用来节制自己的腰身。所以，饿得头昏眼花站也站不起来。坐在席子上的人要站起来，非要扶着墙壁不可；坐在马车上的人要站起来一定要借力于车边的扶手。每天起床后，整装时先屏住呼吸，然后把腰带束紧，扶着墙壁站起来。等到第二年，满朝文武官员脸色都是黑黄黑黄的了。

“楚王好细腰”一事记载在众多古籍中。细腰既写出了楚灵王的不良嗜好，也照映出满朝臣子的谄媚之态。

掩耳盗铃

先秦《吕氏春秋》

范氏之亡也，百姓有得钟者，欲负而走，则钟大不可负；

逃跑　背着

以锥毁之，钟况然有声。恐人闻之而夺己也，遽掩其耳。

锤子　指钟的声音。况，这里读 huàng　读 jù，急速地

恶人闻之，可也；恶己自闻之，悖矣！

【寓意】

偷铃铛害怕别人听见就捂住自己的耳朵。比喻自己欺骗自己，想尽一切办法去掩盖一些事实。

【练习】

近义词：自欺欺人 ________　　反义词：开诚布公 ________

【思考】

1. 这个人想的办法好不好？为什么？
2. 你会怎么批评这个人？
3. 你从这个故事中明白了什么道理？

【讲故事懂道理】

范氏逃亡的时候，有人趁机偷了一口钟，这个人想要背着钟逃跑。但是，这口钟太大了，背不动；于是这个人就用锤子把钟砸碎，然后分别带回家。可是刚一砸，钟锽锽的响声很大。他害怕被人听见声音出来，和自己去抢这口钟，他就想了一个办法，把耳朵捂上就听不见了声音，于是，他就把自己的两只耳朵紧紧捂住继续敲。

害怕别人听到钟的声音，这个心理可以理解的；但是捂住自己的耳朵就不代表别人也听不到了，这个想法也太荒谬了。钟的响声是客观存在的，不管你是否捂住耳朵，它都是要响的。如果对客观存在的事实不正视、不研究，采取闭目塞听的态度，最终只能自食其果。

刻舟求剑

先秦《吕氏春秋》

楚人有涉江者，其剑自舟中坠于水，遽契其舟，曰："是吾剑之所从坠。"舟止，从其所契者入水求之。舟已行矣，而剑不行，求剑若此，不亦惑乎？

涉：过，渡　遽：读jù，立即，匆忙　是：这儿　惑：迷惑，糊涂

寓意

在剑落水的船帮上标记号，等船停后，从做记号的地方下水去找。比喻不会随机应变，不会随着事情的变化去看待事情，仍然用旧的、不变的眼光看待。

练习

近义词：郑人买履 ______________　　反义词：见风使舵 ______________

思考

1. 他为什么会在船舷上做标记？

2. 他有没有找到匕首？为什么？

3. 读这个故事，你明白了什么道理？

【讲故事懂道理】

战国时，有一个人坐船想要渡江。但是，船到江心的时候，他一不小心把随身携带的匕首弄掉在江中。船夫觉得特别可惜，但是那个人却胸有成竹，觉得一定会把匕首找到。他掏出一把小刀，在船舷上做了个标记，向大家说："这个地方，是我匕首落水的地方，所以我做一个标记。"

大家都不明白他为什么这么做，但也没有问他。

等船靠岸后，那个人便从船上那个标记的地方下水，去捞匕首，但是捞了半天什么也没有找到。他觉得很奇怪，自言自语："我的匕首明明是从这里掉下去的，我还在这做了记号，为什么会找不到呢？"

于是船上的人都笑了，说："船一直在前进，但是你的匕首是一直往水底沉的并不会动，你怎么会找到呢？"

其实，匕首掉在江中，船继续前行，而匕首却没有动。像他这么找，简直愚蠢可笑。

疑邻窃斧

先秦《吕氏春秋》

人有忘斧者，意其邻之子。视其行步，窃斧也；颜色，窃斧也；言语，窃斧也；动作态度，无为而不窃斧也。俄而，掘其谷而得其斧。他日复见其邻人之子，动作态度，无似窃斧者。其邻之子非变也，己则变矣；变也者无他，有所尤也。

意：通“臆”，猜测
颜色：脸上的神色表情
为：动作，做法
谷：山谷，山沟
他日：以后的日子
有所尤：即被偏见所蒙蔽。尤，通“囿（yòu）”，局限

【寓意】

比喻情感的变化往往对理性的判断起着重要的影响作用。

【小知识】

《吕氏春秋》是在秦国丞相吕不韦主持下，集合门客们编撰的一部黄老道家名著。成书于秦始皇统一中国前夕。此书以儒家学说为主干，以道家理论为基础，以名、法、墨、农、兵、阴阳家思想学说为素材，熔诸子百家学说为一炉，闪烁着博大精深的智慧之光。

【思考】

1. 丢斧子的人为什么会觉得邻居的一言一行都像是偷了斧子？
2. 你在生活中有没有遇到只凭猜测就给事物乱下判断的事呢？有的话，请讲一讲。

【讲故事懂道理】

从前有个人丢了一把斧子。他怀疑是邻居家的儿子偷去了，观察那人走路的样子，像是偷斧子的人；看那人的脸色神色，也像是偷斧子的人；他的一言一行，一举一动，无一不像偷斧子的人。

不久，丢斧子的人在山谷里挖水沟时，掘出了那把斧子，第二天再留心察看邻居家的儿子，动作和态度都不像是偷斧子的人。变的不是邻居的儿子，而是自己的心态。变的原因也没有其他，是被偏见所局限。

这则寓言生动地说明，主观成见是认识客观真理的障碍。当人带着成见去观察世界时，必然会歪曲客观事物的原貌。我们处理事情，考虑问题，判断是非，应该实事求是，尊重客观的事实。

南辕北辙

西汉·刘向《战国策》

魏王欲攻邯郸，季梁谏（劝谏）曰：“今者臣来，见人于大行（读háng，道路），方（正在）北面而持其驾（指驾着他的车），告臣曰：‘我欲之（到……去）楚。’臣曰：‘君之楚，将（又）奚（为何）为北面？’曰：‘吾马良。’臣曰：‘马虽良，此非楚之路也。’曰：‘吾用（指费用，钱财）多。’臣曰：‘用虽多，此非楚之路也。’曰：‘吾御（驾驭车马）者善（指技术高超）。’此数者愈善，而离楚愈远耳。今王动欲成霸王，举欲信于天下。恃（指依靠，依仗）王国之大，兵之精锐，而攻邯郸，以广（使动用法，意思是使……广大，扩展）地尊名。王之动愈数（多次，频繁），而离王愈远耳，犹（犹如，好像）至楚而北行也。”

【寓意】

想要去南方，但是车子却偏向北行。比喻行动和目的刚好相反。

【练习】

近义词：背道而驰 ________　　反义词：事半功倍 ________

【思考】

1. 那个驾马的人说了几个他的优势？分别是什么？

2. 那个驾马的人如果没有改变方向，结果会怎样？

3. 通过这个寓言故事，你明白了什么道理？

【讲故事懂道理】

魏王想要攻打邯郸，季梁就谏言：“今天我来的时候，在路上遇见了一个人，他驾着马车向北方前进，并且告诉我说他想要去楚国。我说：‘你想要去楚国，为什么要向北走？’他说：‘我的马好。’我说：‘你的马虽然好，但是这不是去楚国的路呀。’他又说：‘我的路费多。’我说：‘即使你的路费多，但这也不是去楚国的路。’他说：‘我的车夫驾车技术好。’我说：‘这几个条件越好，你就离楚国越远。’现在，大王想要称霸，时时想着取得天下。但是，依仗着魏国强大、军队的优势就去攻打邯郸，让自己土地扩充、名分尊贵，大王您这样的行动越多，反而会离建立王业越远。这就好像去楚国的车反而去北方。”

这个故事告诉我们，无论做什么事都要首先看准方向，这样才能充分发挥自己的有利条件；如果方向错了，那么有利条件只会起到相反的作用。

亡羊补牢

西汉 · 刘向《战国策》

"见兔而顾犬，未为晚也；亡羊而补牢，未为迟也。"

见：读 xiàn，"现"的通假字，意思是出现
亡：逃亡，丢失
牢：指关牲口的圈

【寓意】

羊被狼叼走了，之后再去修补羊圈还不算晚。是指出了问题以后想办法去补救，可以防止继续受损失。

【练习】

近义词：知错就改 ________　　反义词：执迷不悟 ________

【思考】

1. 第一次丢羊是什么原因？第二次丢羊又是什么原因？
2. 你觉得那个这位养羊人是个怎样的人？
3. 联系我们的实际生活，你想到了什么道理？

【讲故事懂道理】

从前，有一个人养了许多的羊，都圈在了羊圈里面。一天早上，他发现圈里面的羊少了一只，仔细地检查了一番，原来是羊圈破了，有了一个窟窿，夜里狼就从那个窟窿钻了进来，把羊叼走了一只。邻居就劝他说："你抓紧把羊圈修修吧，把那个窟窿修好。"那个人不肯接受他的建议，说："羊都已经丢了，还修它干什么？"第二天早上，他发现羊又少了一只。原来夜里狼又来了，又叼走了一只羊。他现在很后悔，后悔自己当时为什么没有听邻居的话，于是他就赶紧把窟窿堵上，修好了羊圈。从此之后，狼再也不能钻进羊圈里面去叼羊了。

这个故事告诉我们，人不怕做错事，就怕做错了不及时改正；更怕不但不及时改正，而且还不断错上加错，时间长了，最后可能连补救的机会也没有了。

鹬蚌相争，渔翁得利

西汉·刘向《战国策》

赵且伐燕，苏代为燕谓惠王曰：“今者臣来，过易水，蚌方出暴，而鹬啄其肉，蚌合而箝其喙。鹬曰：‘今日不雨，明日不雨，即有死蚌。’蚌亦谓鹬曰：‘今日不出，明日不出，即有死鹬。’两者不肯相舍，渔者得而并禽之。今赵且伐燕，燕赵久相支，以敝大众，臣恐强秦之为渔父也。故愿王之熟计之也。”惠王曰：“善！”乃止。

易水：在河北省境内
鹬：读 yù，长嘴水鸟
暴：读 pù，晒太阳
箝：读 qián，夹住
禽：通“擒”，捉
敝：通“弊”，弊害

【寓意】

比喻双方争执，导致两败俱伤，却让第三者占了便宜。

【练习】

近义词：坐山观虎斗 ________　　反义词：相辅相成 ________

【思考】

1. 鹬和蚌这样“互不相让”最终会有怎样的结果？

2. 想一想渔翁会对它们说些什么呢？鹬蚌它们听后又会说些什么呢？

3. 通过这个故事，你明白了什么道理？

【讲故事懂道理】

赵王将去攻打燕国，苏代就为燕国劝说赵惠王：“我这回来的时候，经过易水，看见一只河蚌张着壳正在晒太阳。有一只鹬鸟，伸嘴要去啄河蚌的肉。河蚌急忙就把壳和上，紧紧地夹着鹬鸟的嘴。鹬鸟说：‘今天不会下雨，明天不会下雨，这样你就会死的’。河蚌对鹬鸟说：‘今天我不放开你，明天也不放开你，你就得死！’它们两个谁都不放过谁。渔夫看见了这样的情节，就把它们两都抓走了。现在赵国攻打燕国，两国僵持不下，时间长了，双方的力量就会大大消耗。我担心到时候强大的秦国就会成鹬蚌相争的‘渔父’，所以，大王还是好好考虑考虑。”惠王听了，恍然大悟，说：“有道理！”就放弃了攻打燕国。

这则出自《战国策》的寓言故事，说的是双方相争，让第三者得了利，也告诉我们如果看不清真正的敌人，就会给强敌制造有利的机会，给争执双方带来灭顶之灾。

积羽沉舟，群轻折轴

西汉 · 刘向《战国策》

臣闻积羽沉舟，群轻折轴，众口铄金，故愿大王之熟计之也。

积：积累　沉：使……沉下去　折：压断　铄：熔化

【寓意】

本义是羽毛虽轻，积多了也能把船压沉；东西虽轻，积攒多了也能把车轴压断。比喻小小的坏事积累起来就会造成严重的后果。

【练习】

近义词：滴水石穿 ______________

【思考】

1. 为什么羽毛可以压沉船舟？
2. 魏国为什么会失败？
3. 在生活中如何克服这些易被忽视的不利？

【讲故事懂道理】

据记载，战国时期，诸侯称霸天下。有识之士提出了两种主张，即“合纵”和“连横”。前者主张弱国联合抗击强秦，后者主张弱国跟随秦征服其他弱国。当时的齐、楚、燕、韩、魏、赵六国之间的合纵盟约十分牢固，秦国的相国张仪发觉后，便辞去职务，来到魏国，准备打算劝魏王退出纵约。

张仪得到魏襄王的信任，被任命为相国。但魏襄王很有主见，他知道秦国野心很大，不讲信义，所以不愿联合秦国。四年后，魏襄王死，儿子哀王继位。张仪又劝说魏哀王投靠秦国，也遭到拒绝。张仪便暗中要秦国进攻魏国。魏国战败了。第二年，魏国又被齐国打败于观津（今河北武邑东南）。秦国又乘机攻魏，把韩国大将申差率领的魏韩赵三国联军打了个落花流水，使其他诸侯为之震惊。魏国的失败，导致了纵约国关系出现裂痕。张仪利用这种形势，说服哀王依附秦国。他从分析魏国地理形势、兵力状况、处境、“合纵”协约不可信等不利条件入手，最后用“积羽沉舟，群轻折轴”做比喻，指出魏国如果忽视这些不利因素，就会像轻的羽毛大量堆积能压沉大船一样，遭到覆亡的危险；轻的东西积多了，也能压断车轴。魏哀王终于听从了张仪的劝议，背离“合纵”协议，请求和秦国“连横”。

三人成虎

西汉·刘向《战国策》

庞葱（恭）与太子质（指做人质）于邯郸，谓魏王曰：“今一人言市有虎，王信之乎？”王曰：“否。”“二人言市中有虎，王信之乎？”曰：“寡人惑（疑惑）之矣”“三人言市中有虎，王信之乎？”王曰：“寡人信之。”庞葱（恭）曰：“夫市之无虎也，明矣，然三人言而成虎。今邯郸之去魏也远于市，议臣者过于三人。愿王察之。”王曰：“寡人自为知。”于是辞行，而谗言先至。后太子罢（结束）质，果不得见。

【寓意】

三个人都说街上有老虎，别人就会真的相信街上会有老虎。比喻谣言　再反复，就会让人觉得是真的。

【练习】

近义词：道听途说 ________　　反义词：眼见为实 ________

【思考】

1. 庞恭对魏王讲“三人成虎”有什么用意？

2. 学习本文对你有什么启示？

【讲故事懂道理】

魏国大臣庞葱（恭），要陪着魏太子到赵国作人质，临行之前对魏王说："现在有一个人说集市上有老虎，大王相信吗？" 魏王说："不相信。" 庞恭说："那么第二个人说集市上有老虎，大王相信吗？" 魏王说："我会怀疑这件事。" 庞葱（恭）又说："第三个人又说街市上有老虎，大王相信吗？" 魏王道："我相信了。" 庞葱（恭）就说："集市上没有老虎，这是明显的事情，但是，三个人都说集市上有老虎，就成真的有老虎了。现在赵国邯郸离魏国大梁的距离比离这里的街市远了许多，而议论我的人肯定会超过三个人。希望大王能识别那些人的话。" 魏王说："我知道这个道理。" 于是庞恭告辞而去，很快就有很多谣言传到了魏王耳朵里。后来太子结束了人质生涯，回到了祖国，而庞恭再也没有见到魏王。

谣言被多人重复说，也容易被误认为是真相。所以，面对一条信息，我们要有明辨是非的能力。

惊弓之鸟

西汉 · 刘向《战国策》

异日者，更羸与魏王处京台之下，仰见飞鸟。更羸谓魏王曰：“臣
从前　读 gēng léi，是战国时的名射手

为王引弓虚发而下鸟。”魏王曰：“然则射可至此乎？”更羸曰：
拉　只拉弓不放箭　使鸟落下　既然如此

“可。”有间，雁从东方来，更羸以虚发而下之。魏王曰：“然则
过了一会儿

射可至此乎？”更羸曰：“此孽也。”王曰：“先生何以知之？”对
通“蘖”，病，孤独

曰：“其飞徐而鸣悲。飞徐者，故疮痛也；鸣悲者，久失群也，故
慢慢地，缓慢

疮未息，而惊心未至也。闻弦音，引而高飞，故疮陨也。”
痊愈　伸展（翅膀），这里指奋力向上飞　从高处坠落

【寓意】

被弓箭吓怕了的鸟。比喻受过惊吓遇到一点动静就惶恐不安的人。

【练习】

近义词：漏网之鱼 ________　反义词：初生牛犊 ________

【思考】

1. 更羸是用什么办法把大雁射下来的？
2. 更羸是怎么知道大雁受伤了？
3. 通过这件事我们可以看出更羸是一个什么样的人？

【讲故事懂道理】

战国时期，魏国有一个叫更羸的人，他善于射箭。有一天，更羸与魏王在树林里散步，看见有一只大雁从头顶上飞过。更羸对魏王说："大王，我可以不用箭，只要拉一下弓，就能把这只大雁给射下来。魏王好奇地问："射箭能达到这样的功夫？"更羸说道："可以。"于是更羸举起大弓，没用箭，用力拉开弓，只听"咚"一声，大雁从空中掉了下来。魏王看到后大吃一惊，连声说："你是怎么办到的？"更羸对魏王讲："这只大雁飞得很慢，叫声也很悲凉，由此可以得知这只大雁受过箭伤，伤口还没有好心里害怕。当我拉开弓发出声响后，大雁害怕再次被射中，于是就拼命往高处飞。一使劲，本来未愈的伤口又裂开了，疼痛难忍，再也飞不动了，就从空中掉了下来。"

狐假虎威

西汉·刘向《战国策》

虎求百兽而食之，得狐。狐曰："子无敢食我也！天帝使我长
寻找 承接 你 派 做首领
百兽，今子食我，是逆天帝之命也。子以我为不信，吾为子先
这 违抗 认为……是 相当于"于"，在
行，子随我后，观百兽之见我而敢不走乎？"虎以为然，故遂
认为 对 就
与之行；兽见之皆走。虎不知兽畏己而走也，以为畏狐也。
跟随

【寓意】

狐狸假借老虎的威势吓唬其他野兽。比喻仰仗或倚仗别人的权势来欺压、恐吓人。

【练习】

近义词：仗势欺人 ________　　反义词：独步天下 ________

【思考】

1. 百兽为什么会逃跑呢？真的是因为害怕狐狸而逃跑吗？
2. 试着讲一个生活里"狐假虎威"的故事。

【讲故事懂道理】

从前有一只老虎，因为肚子饿了，便跑到外面寻觅食物。忽然它看到前面有只狐狸，于是，便扑过去，将它擒过来。可是当它准备把那只狐狸吃进肚子里的时候，狡猾的狐狸突然说话了："哼！你不要以为自己是百兽之王，便敢将我吞食掉；你要知道，天帝已经命令我为王中之王，无论谁吃了我，都将遭到天帝极严厉的制裁与惩罚。"老虎听了狐狸的话，半信半疑，原先那股嚣张的气焰和盛气凌人的态势，竟不知何时已经消失了大半。这时，狐狸见老虎迟疑着不敢吃它，便更加神气地说："怎么，难道你不相信我说的话吗？那么你现在就跟我来，走在我后面，看看所有野兽见了我，是不是都吓得魂不附体，抱头鼠窜。"老虎信以为真，于是就和狐狸同行，野兽们见了老虎，都纷纷逃跑，老虎并不知道野兽怕的是自己，而以为他们真是怕狐狸呢！狡狐之计是得逞了，可是它的威势完全是因为假借老虎，才能凭着一时有利的形势去威胁群兽，而那可怜的老虎被人愚弄了，自己还不自知呢！

狡兔三窟

西汉·刘向《战国策》

狡兔有三窟，仅得免其死耳。今有一窟，未得高枕而卧也。

【寓意】

狡猾的兔子会准备好多个藏身的洞窟，来免去死亡危险。比喻隐蔽的地方或方法多，多指做事留有余地，具有多种应变能力。也用来形容狡猾的恶人永远不会固定安身在一个地方。

【小知识】

孟尝君名叫田文，是田婴的儿子。田婴在孙膑指挥的马陵战役中担任过副将，因作战有功，齐国把他封于薛地（今山东滕州东南），称为薛公。田婴死了以后，田文继承了父亲的官位和封地，号称孟尝君。

【思考】

1. 为什么兔子要准备三个藏身的洞窟呢？

2. 故事中的孟尝君在冯谖的帮助下给自己安排了一条退路。你觉得你在做事说话的时候需要给自己留有余地，给自己一条后路吗？

【讲故事懂道理】

齐国的孟尝君非常喜欢结交有一定本事的人，做他的门客，为他出谋划策，不论贵贱，只要有真才实学，他都以礼相待。所以当时孟尝君网罗了一大批有识之士。他的门下有一位叫冯谖的人。有一次，冯谖替孟尝君到薛地这地方讨债，但是他不但没跟当地百姓要债，反而还把债券全烧了，薛地人民都以为这是孟尝君的恩德，而心里充满感激。直到后来，孟尝君被齐王解除相国的职位，前往薛地定居，受到薛地人热烈的欢迎，这时候冯谖才对孟尝君说："通常聪明的兔子都有三个洞穴，才能在紧急的时候逃过猎人的追捕，而免除一死。但是你却只有一个藏身之处，所以你还不能高枕无忧，我愿意再为你安排另外两个可以安心的藏身之处。"于是冯谖去见梁惠王，告诉他，如果能请到孟尝君帮他治理国家，梁国一定能够变得更强盛。于是梁惠王派人邀请孟尝君到梁国，准备让他担任重要官职。梁国的使者一连来了三次，冯谖都叫孟尝君不要答应。梁国派人请孟尝君去治理梁国的消息传到齐王那里，齐王一急，就赶紧派人请孟尝君回齐国当相国。冯谖要孟尝君向齐王提出希望能够在薛地兴建一座祠庙，安放齐国祖传祭祀祖先的礼器，以确保薛地的安全。祠庙建好后，冯谖对孟尝君说："现在属于你的三个安身之地都建造好了，从此以后你就可以高枕无忧了。"

塞翁失马，焉知非福

西汉《淮南子》

近塞上之人，有善术者。马无故亡而入胡，人皆吊之。其父
指长城一带。塞，边塞　术数，指推测人事祸福凶吉的法术　慰问
曰："此何遽不为福乎？"居数月，其马将胡骏马而归，人皆
怎么就，表示反问。遽，读 jù　过了　带领
贺之。其父曰："此何遽不能为祸乎？"家富良马，其子好骑，
很多
堕而折其髀，人皆吊之，其父曰："此何遽不为福乎？"居一
读 bì，大腿
年，胡人大侵入塞，丁壮者引弦而战，近塞之人，死者十九，
拿起武器　十分之九，指绝大部分
此独以跛之故，父子相保。

【寓意】

虽然受到损失，也许反而可以因此得到好处。指坏事在一定条件下可变为好事。

【练习】

近义词：失之东隅，收之桑榆 ________　反义词：得马折足 ________

【思考】

1. 谈一谈你自己生活中遇到的"塞翁失马"的事情。
2. 续写"塞翁失马，焉知非福"的故事。

【讲故事懂道理】

靠近边塞的地方有一群人，里面有一个人能预知祸福。他家的马不知道什么原因就跑到胡人那里去了，大家都过来安慰他，他说："这怎么不是福气呢？"几个月后，他家的马带着胡人的马回来了，大家都过来祝贺他。他说："这怎么就知道不是灾难呢？"家里面多了许多好马，他的儿子喜欢骑马，有一次骑马，他的儿子从马上摔了下来，大腿骨折。大家都过来安慰他，他说："这怎么不是福气呢？"过了一年，胡人攻打边境，壮年的男子都拿起弓箭参加战争，住在边塞的壮年男子百分之九十都死在了战场上，他的儿子因为腿瘸，没有参加战争，父子的性命都保住了。

在一定的条件下，好事和坏事是可以互相转换的，坏事可以变成好事，好事可以变成坏事。这则寓言告诉人们要用发展的眼光看问题，适时调整心态，身处逆境时不怨天尤人，身处顺境时也不沾沾自喜。

千里之堤，溃于蚁穴

西汉《淮南子》

千里之堤，以蝼蚁之穴漏；百寻之屋，以突隙之烟焚。

以：因为　蝼蚁：读 lóu yǐ，蚂蚁　突隙：指烟囱上的缝隙

【寓意】

指很长很长的堤坝，因为小小蚁虫的啃噬，最后也会被摧毁。比喻不注意小事可能会酿成大祸，或不注意小事可能会造成严重的损失。

【练习】

近义词：合抱之木，生于毫末 ________________

反义词：杯水车薪 ________________

【思考】

1. 村民们为了防止黄河水患，他们想了什么办法？
2. 最后长堤因为什么原因坍塌了？
3. 这个故事告诉我们一个什么道理？

【讲故事懂道理】

古时候在黄河周边有一个村庄，村民们为了防止黄河水患，他们建了一个巨大而雄伟的长堤。有一天一个老农民偶然发现了一个蚂蚁窝，但是他没有在意。等过了几天老农民再次来到长堤时，发现蚂蚁窝一下子猛增了许多。老农民心想这些蚂蚁窝会不会破坏长堤，影响长堤的安全呢？于是他就回村庄汇报，在回去的路上遇见了他的儿子。老农民的儿子听了他的想法不以为然地说：这么坚固的长堤，怎么会让几只小小的蚂蚁破坏？于是就拉老农民一起下田干活去了。过了几天下起了大雨，风雨交加。黄河水猛涨起来，凶猛的河水不断地从蚂蚁窝渗透出来，由于风雨太大，河水从蚂蚁窝里飞溅出来，最后长堤承受不住压力坍塌了，村庄也淹没在了洪水之中。

看似牢固的堤坝能够因为小小的蚂蚁窝而溃破，这则故事告诉人们，细节决定成败，在小的事情上不注意会酿成大祸。

螳螂捕蝉，黄雀在后

西汉·刘向《说苑》

吴王欲伐**荆**（指楚国），告其左右曰：“敢有**谏**（意思是劝谏，旧时指规劝君王使其改正错误）者死！”舍人有**少孺子**（年轻人）者欲谏不敢，则**怀丸操弹**（怀里藏着弹丸，手里拿着弹弓），游于后园，露沾其衣，如是者三旦。吴王曰：“子来，何苦沾衣如此？”对曰：“园中有树，其上有蝉，蝉高居悲鸣饮露，不知螳螂在其后也；螳螂**委身曲附**（弯曲身子贴紧前肢。委、曲，弯曲。附，通“跗”，指脚背），欲取蝉，而不知黄雀在其**傍**（通“旁”，旁边）也；黄雀**延**（伸长）颈，欲啄螳螂，而不知弹丸在其下也。此三者皆**务**（是一定，必须）欲得其**前利**（指眼前的利益），而不顾其后之患也。”吴王曰：“善哉！”乃罢其兵。

【寓意】

螳螂正想要捕捉蝉，却不知道黄雀在它后面正要吃它。今指人只顾追求眼前的利益，而不顾身后隐藏的祸患。

【练习】

近义词：鼠目寸光 ________　　反义词：深谋远虑 ________

【思考】

1. 你觉得吴王攻打楚国的想法对吗？为什么？
2. 这个少年只是给吴王讲故事吗？为什么？
3. 从这个故事中你明白了什么道理？

【讲故事懂道理】

有一天，吴王想要攻打楚国，但是，他的大臣们都反对他。大臣们觉得，攻打楚国很容易，但是其他诸侯国会乘虚而入，吴国到时会面临危险。可是吴王不听大臣们的劝阻，并下令："如果谁阻止就处死谁。"

有一位侍奉吴王多年的少年，知道劝告必定没有效果，只会被处死，每天早晨他拿着弹弓、弹丸在王宫花园转来转去，这样过了很多天。

吴王很奇怪，问道："为什么这么早就来花园，看看你的衣服和鞋都湿了。"少年答："禀报大王，我在打鸟。"吴王问："那你有收获吗？"少年说："没有，却见到一件挺有意思的事。花园里有一棵树，树上有一只蝉，蝉在那里悠闲地唱着歌，喝着露珠。但是一只蟑螂就在它的背后，它也不知道。螳螂举起前爪，想要去捕蝉，但它不知道有只黄雀在它的身后。黄雀正要啄螳螂，它不知道我的弹弓在它身后瞄准它呢。蝉、螳螂、黄雀，它们都是想得到眼前的，但是却不知道身后还隐藏着隐患！"

突然间，吴王恍然大悟，"对！对！我明白了这个道理！"于是放弃了攻打楚国的念头。

叶公好龙

西汉·刘向《新序》

叶公子高好龙，钩以写龙，凿以写龙，屋室雕文以写龙。于是天龙闻而下之，窥头于牖，施尾于堂。叶公见之，弃而还走，失其魂魄，五色无主。是叶公非好龙也，好夫似龙而非龙者也。

叶公：春秋时楚国叶县县令沈诸梁，字子高。
写：刻、画
凿：通“爵”，酒器
屋室雕文：指房屋上雕刻的图案、花纹。文，通“纹”
窥：探望、偷看
牖：读 yǒu，窗户
还走：转身就跑。还，通“旋”，这里读 xuán
五色：指脸色
是：由此看来

【寓意】

比喻表面或口头上对某事物特别喜欢，实际上并不爱好，甚至并不了解，一旦真正接触，不但不爱好甚至还会惧怕它，反对它的人。

【练习】

近义词：口是心非 ________　　反义词：实事求是 ________

【思考】

1. 为什么说叶公很喜欢龙？
2. 天上的真龙来的时候，叶公是什么表现？
3. 叶公是好龙还是不好龙呢？请你做个评价吧。

【讲故事懂道理】

叶公非常喜欢龙，他的衣带钩上、酒器上都刻着龙，房间里的雕镂装饰也全都是龙。可是有一天，他非常爱龙的事情让天上的真龙知道了，真龙就又高兴又好奇地从天上降到叶公的家里，想看一看那么喜欢龙的叶公看到真龙会有怎样的反应。真龙降到叶公家，把龙头搭在叶公的窗台上探望，把龙尾伸到了他家的厅堂里。叶公回到家，发现看到的是真龙时，吓得转身就跑掉了，就像失了魂似一样，惊恐万状，不能控制自己。于是真龙由此看出，叶公不是真的喜欢龙，他喜欢的是那些像龙的东西并不是龙。

这个故事用很生动的比喻，讽刺了名不副实，表里不一的叶公式人物，揭露了他们只唱高调，不务实际的坏思想、坏作风。

夜郎自大

西汉 · 司马迁《史记》

滇王与汉使者言曰:“汉孰与我大?”。及夜郎侯亦然。以道不通,故各以为一州主,不知汉广大。

孰与:与……比,哪一个……

然:如此

【寓意】

比喻骄傲无知、肤浅自负的行为。

【练习】

近义词:妄自尊大 ________________　反义词:虚怀若谷 ________________

【思考】

1. 夜郎国国王为什么会觉得自己的国家是最大的?
2. 通过这个故事,你有什么启示?

【讲故事懂道理】

汉朝的时候，西南方有个小国家叫夜郎，夜郎是一个独立的国家，但是夜郎国土很小，百姓也特别少，物产更是少得可怜。因为夜郎国国王从没有离开过自己的国家，所以他就以为自己的国家特别棒，是全天下最大的国家。有一天，夜郎国国王与大臣巡查国境的时候，他指着前方问群臣说：“这里哪个国家最大呀？”群臣们为了迎合国王，都说就说：“夜郎国是全世界最大的国家，无人能及。”走着走着，国王抬起头、望着前方的高山问群臣说：“天下还有没有比这座山更高的山吧？”群臣们回答说：“天下没有山会比它高了。”从此以后，无知国王更相信夜郎是全世界最大的国家。有一次，汉朝的使者来到了夜郎，夜郎国国王问使者：“汉朝和我的国家相比，哪一个会更大？”使者听后吓了一跳，他没想到这个小国家，居然无知地觉得自己能与汉朝相比。骄傲无知的国王不知道自己的国家只和汉朝的一个县差不多大。

伯乐相马

西汉·韩婴《韩诗外传》

“使骥不得伯乐，安得千里之足。”

假如、假使　千里马　　哪里

【寓意】

伯乐善于发现千里马。现在是比喻那些善于发现和选拔人才的人。

【练习】

近义词：别具慧眼 ________________　　反义词：班门弄斧 ________________

【思考】

1. 为什么楚王会生气？
2. 为什么千里马会骨瘦如柴？
3. 从这个故事中你明白了什么道理？

【讲故事懂道理】

传说，天上有一个管理马匹的神仙，名字叫作伯乐。春秋时期，有一个人对马匹的研究也特别深，于是大家就叫他伯乐。

有一次，楚王让伯乐买一匹能够日行千里的马，但伯乐找了好久一直没有找到。一天，伯乐在去齐国的路上，看见一匹拉着盐车吃力前行的马。他仔细观察马后，对马的主人说："这匹马能在沙场上驰骋，但用来拉车却比普通的马还不如，你把它卖给我吧。"

马的主人以为伯乐是一个傻瓜，竟然愿意买一匹骨瘦如柴、还拉不动车的马，便毫不犹豫地答应了。伯乐牵着马，高兴地返回楚国。可楚王一看到马并不满意，说："这马连走路都困难，骨瘦如柴，能日行千里吗？"伯乐说："它是千里马，不过因为一直被用来拉车，又没有好好喂养，所以看起来很瘦。只要精心喂养，不出半个月就会恢复体力。"楚王听后，半信半疑，就吩咐马夫好好喂养，果然，不出半个月，马就特别精神，能够日行千里。

鱼目混珠

东汉·魏伯阳《参同契》

鱼目岂为珠？蓬蒿不成槚。

蓬蒿：指杂草　槚：读 jiǎ，茶树

【寓意】

把鱼眼睛混在珍珠中，比喻以假乱真，以次充好。

【练习】

近义词：滥竽充数 ________　　反义词：黑白分明 ________

【思考】

1. 寿量的心理变化是什么？请试着分析。

2. 读了这个寓言故事之后你明白了什么道理？

【讲故事懂道理】

很久以前，有一个人名字叫满愿。他在无意间得到了一颗大珍珠，邻里街坊都赞叹他运气好，都很羡慕他。他的邻居叫寿量，寿量也特别嫉妒别人都用羡慕的眼神讨论满愿，也想自己拥有一个珍珠。有一天，寿量走在路上看见了一个很像珍珠的东西，就捡起来，回到村子里面大肆宣扬。其实寿量捡到的是一颗很大的鱼眼睛。后来，他们两个都得了同一种病，这种病需要用珍珠的粉末做药材。寿量拿出来了那颗“珍珠”，大家都讽刺他说：“你真是鱼目混珠！”

故事中寿量错把鱼目当成了珍珠。后来人们用“鱼目混珠”比喻用假的冒充真的，用质量差的冒充质量好的。

曲突徙薪

东汉·班固《汉书》

客有过主人者，见其灶直突，傍有积薪。客谓主人：“更为曲
拜访 / 烟囱 / 通“旁”，旁边

突，远徙其薪；不者，且有火患。”主人嘿然不应。俄而，家
如果不这样的话 / 指不说话的样子。嘿，读 mò，同“默”

果失火，邻里共救之，幸而得息。于是杀牛置酒，谢其邻人，
同“熄”，灭

灼烂者在于上行，余各以功次坐，而不录言曲突者。人谓主
被火烧伤的人。灼，读 zhuó，烧 / 排定座次。“坐”通“座”

人曰：“乡使听客之言，不弗牛酒，弱亡火患。今论功而请宾，
读 xiàng，同“向”，从前 / 通“无”。

曲突徙薪亡恩泽，焦头烂额为上客耶？”主人乃寤而请之。
读 wù，同“悟”，醒悟，觉悟

【寓意】

把烟囱改为弯的；把柴草移开。多用于事先采取措施，防止危险发生。

【练习】

近义词：未雨绸缪 ______________　　反义词：临渴掘井 ______________

【思考】

1. 这户人家房子着火的原因是什么？

2. 读这个故事你明白了什么道理？

【讲故事懂道理】

古时候，有一户人家新建了一栋房子。街坊好友都前来祝贺，都说这房子很好很漂亮。这时，有一个客人却说："你们家的烟囱是直的，这样灶膛里的火星容易跑出去，会点燃房顶的，你最好把烟囱改成弯的。还有你家的柴离灶火太近了，很危险。"主人听后顿了顿，没有理会他，觉得这个人是羡慕才这么说的。

几天后，他家发生了火灾，街坊好友都帮助来扑火，很快火被扑灭了。这户人家为了感谢大家，就宴请大家。宴席上唯独不见那位给他提建议的客人，这时大家都说："如果你当时听了那位客人的话就不会着火了，怎么还不请那位客人来呢？"这时主人才恍然大悟！急忙把那位客人请来。

对牛弹琴

东汉 · 牟融《理惑论》

昔公明仪为牛弹《清角》之操（琴曲），伏食如故。非牛不闻，不合其耳矣。转为蚊虻（读 méng，牛蝇）之声，孤犊（读 dú，小牛）之鸣，即掉尾奋耳（竖起耳朵），蹀躞而听。

【寓意】

比喻对不懂事理的人讲道理或言事，对不懂美的人讲风雅。常含有讽刺对方愚蠢或徒劳无功之意。

【练习】

近义词：白费口舌 ________　　反义词：心有灵犀 ________

【思考】

1. 公明仪善于什么？
2. 公明仪有什么办法让牛听懂了琴音？
3. 这个故事告诉了我们什么含义？

【讲故事懂道理】

古代，鲁国有个著名的音乐家叫作公明仪，他对音乐有很深的造诣，而且善于弹琴，人们听到他的琴声往往不能自拔。

有一天他在郊外散步，发现草地上有一头牛在吃草。突发奇想想要为这头牛演奏一曲，于是他拨动琴弦对牛弹奏了一首高雅的曲子，但是牛依然埋头吃草不理会公明仪。于是公明仪就用琴模仿蚊虫和牛蝇以及小牛的叫声，这时牛就摆动尾巴，竖起耳朵听了起来，因为不安而小步来回走动，好像听懂了公明仪的琴声。原来不是牛不要听高雅的琴声，而是曲调不能吸引牛的耳朵。

这个故事用以说明，办任何事，都必须看对象，因人制宜，因事制宜。后人多用“对牛弹琴”比喻向不懂道理的外行人讲高深的道理是徒劳无功的。

一叶障目

三国·魏·邯郸淳《笑林》

楚人贫居，读《淮南子》，得“螳螂**伺**蝉自**障**叶，可以隐形”，
（伺：指观察等候时机　障：遮蔽，遮掩）
大喜，遂于树下仰望，欲觅螳螂伺蝉自障叶。偶见之，即**缘**而
（缘：向上爬）
摘之，然不慎叶落树下。树下先有落叶，不能复**分别**，乃扫取
（分别：分辨，识别）
数斗归，一一以叶自障，问其妻曰：“汝见我**不**？”妻始时**恒**
（不：读 fǒu，同“否”　恒：持久，持续）
答言：“见”，**经日**，乃厌倦不堪，**绐**云：“不见。”楚人默然大
（经日：经过一整天　绐：读 dài，意思是欺骗）
喜，**赍**叶入市，对面取人物。吏遂缚而**诣**县。县官受辞。自说
（赍：读 jī，携带，拿着　诣：读 yì，前往，去，到）
本末，官大笑，放而不治。

【寓意】

一片叶子挡在眼前会让人看不到外面广阔的世界。比喻被局部或暂时的现象所迷惑。

【练习】

近义词：坐井观天 ________　　反义词：明察秋毫 ________

【思考】

1. 这个人为什么这么做？结果怎样？

2. 从这个故事中你明白了什么？

【讲故事懂道理】

楚国的时候，有一个人，他家条件不好，非常贫寒，穷困潦倒。他读了《淮南子》，书上这样写：螳螂在捕蝉时候，都是用树叶遮住自己的身体，这样，其他小昆虫就看不到它，他想：要是能得到那样的树叶，用它隐藏自己的身体。他十分高兴，就急忙跑到一棵树下抬头仰望，想要去找到那样树叶。偶然发现了，他就伸手摘下来。不料他手一抖，那片树叶竟飘落地下。和树下原本的落叶混在一起，他没有办法辨认。于是，他索性将落叶全部扫起，差不多收了有几斗回家。抱回家后，他一片一片地拿树叶遮住自己的眼睛，他问妻子："你能看见我吗？"开始，妻子说："能看见。"最后，折腾了一整天，妻子感到疲倦不堪、不耐烦，就骗他说："看不见了！"他一听心里非常高兴，急忙把这片树叶揣在怀里，跑到街上去。他举着树叶，觉得旁边的人看不见自己，就当面拿别人的东西。被官兵当场抓住，押送县衙。县官审他的时候，他老老实实地交代了事情的始末。县官听了，哈哈大笑起来，说："原来是个书呆子呀！"训斥了一顿就把他释放了，也没有惩治他。

乐不思蜀

西晋·陈寿《三国志》

他日，王问禅曰："颇思蜀否？"禅曰："此间乐，不思蜀。"

蜀：指三国时蜀国。

【寓意】

蜀后主刘禅投降司马昭后，被安置在洛阳仍过荒淫生活，快乐得不想回国。比喻乐而忘返或乐而忘本。

【练习】

近义词：乐不可支 ________　　反义词：叶落归根 ________

【思考】

1. 蜀国的灭亡和刘禅有什么关系？
2. 你认为刘禅是怎样的人？

【讲故事懂道理】

三国时期，刘备占据蜀地，建立蜀国。他死后，儿子刘禅继位，又称刘阿斗。刘禅昏庸无能，在那些有才能的大臣死后，公元263年，蜀国就被魏所灭。刘禅投降后，魏王曹髦（máo）封他一个食俸禄无实权的“安乐公”称号，并将他迁居魏国京都许昌居住。

魏王自己也无实权，掌大权的是司马昭。在一次宴会上，司马昭当着刘禅的面故意安排表演蜀地的歌舞。刘禅随从人员想到灭亡的故国，都非常难过，刘禅却对司马昭说：“我在这里很快乐，一点儿也不想念蜀国。”

画虎类犬

南朝·宋·范晔《后汉书》

"观其所述乃似《孔子家语》、临川《世说》，可谓画虎不成反类犬也。"

反而　类似、画得像

【寓意】

比喻模仿的效果不好，弄得不伦不类。

【练习】

近义词：不伦不类 ________　　反义词：神肖酷似 ________

【问题】

1. 龙伯高是一个什么样的人？
2. 杜季良是一个什么样的人？
3. 如果是你，你会向谁学习？

【讲故事懂道理】

马援是东汉的名将，品德和修养都很好。他有两个侄子，一个叫马严，一个叫马敦。他们俩经常谈论他人的是非，马援十分的担忧，于是写了一封信给他们。信的内容是："我这个人一生最痛恨就是议论他人的是非长短，我希望你们以后不要议论他人的是非，听到有人议论别人时，能做到，只可听，不参与议论。龙伯高是一个厚道、谨慎、节俭、恭敬的人，我希望你们能向他学习。即使学得不好起码能成为一个循规蹈矩的人，好比要画大鹏，即使画得不好也像一只鸭子。杜季良是一个侠客，能与人同甘共苦，无论好人坏人都可和他交朋友，我也很尊敬他，但是我不希望你们效仿他。如果你们学杜季良没学好，就会成为一个轻浮浪荡的人。就好比画一只老虎，没有画好就会画成一只狗。"

饮鸩止渴

南朝·宋·范晔《后汉书》

譬犹疗饥于附子，止渴于鸩毒，未入肠胃，已绝咽喉。

譬犹：比如、好像　附子：毒草　鸩：传说中的一种毒鸟

【寓意】

比喻用错误的办法来解决眼前的困难而不顾严重后果。

【练习】

近义词：饥不择食 ________　　反义词：从长计议 ________

【思考】

1. 霍谞是怎样解救他的舅舅的？

2. 你觉得面对问题时应该怎么办？

【讲故事懂道理】

霍谞是东汉人，他自幼发奋读书，从小就显露出与众不同的才华，在当地是有名的“小才子”。霍谞的舅舅宋光为人正直、秉公执法，所以成了一些权贵的眼中钉。后来，宋光被诬告篡改诏书，被关进了监狱。

霍谞不相信舅舅会篡改诏书。日夜思考解救舅舅的方法。最后，他决定给当时掌管朝廷大权的大将军梁商写一封信，为舅舅申冤。他在信中说：宋光出身官宦之家，仕途平稳顺利，现已位居地方首长的高位。他为人正直、秉公守法，从而得到了朝廷的重用。这样的一个人，即使对于皇上的诏书有所疑虑，也会采用一种稳当的方式来解决，怎么可能冒着死罪私下更改诏书？这样的行为好比是一个人为了充饥而去吃附子，为了解渴而去饮鸩（“鸩”的羽毛泡过的毒酒）。这样的话，食物还没进到肠胃里，刚到咽喉人就已经断气了，怎么可能会有人这样做呢？

梁商读了这封信，觉得霍谞说得很有道理，又听说他只有十五岁，对他的胆识颇为赞赏。后来，梁商不仅重审此案，还亲自到皇帝那里替宋光辩白。案件终于真相大白，宋光也被无罪释放。从此以后，霍谞的名声传遍了整个洛阳城。

覆水难收

南朝·宋·范晔《后汉书》

国家之事易可容易？覆水不收，且深思之。

覆：意思是翻，引申为倾、倒、泼的意思。

【寓意】

泼在地上的水，难以收回来。比喻事情已成定局，很难再挽回了。

【练习】

近义词：木已成舟 ________ 反义词：破镜重圆 ________

【思考】

1. 马氏为什么离开姜子牙？
2. 姜子牙是怎样拒绝马氏的请求的？
3. 从这个故事中你学到了什么？

【讲故事懂道理】

商朝末年，有个足智多谋的人物，姓姜名尚，字子牙，人称姜太公。姜太公曾在商朝当过官，因为不满纣王的残暴统治，弃官而走，隐居在陕西渭水河边一个比较偏僻的地方。为了取得周族的领袖姬昌（即周文王）的重用，他经常在小河边用不挂鱼饵的直钩，装模作样地钓鱼。姜太公整天钓鱼，家里的生计发生了问题，他的妻子马氏嫌他穷，没有出息，不愿再和他共同生活，要离开他。姜太公一再劝说她别这样做，并说有朝一日他定会得到富贵。但马氏认为他在说空话骗她，无论如何不相信。姜太公无可奈何，只好让她离去。

后来，姜太公终于取得周文王的信任和重用，又帮助周武王联合各诸侯攻灭商朝，建立西周王朝。马氏见他又富贵又有地位，懊悔当初离开了他。便找到姜太公请求与他恢复夫妻关系。

姜太公已看透了马氏的为人，不想和她恢复夫妻关系，便把一壶水倒在地上，叫马氏把水收起来。马氏赶紧趴在地上去取水，但只能收到一些泥浆。于是姜太公冷冷地对她说："你已离我而去，就不能再合在一块儿。这好比倒在地上的水，难以再收回来了！"

博士买驴

北朝·齐·颜之推《颜氏家训》

"邺下谚曰：博士买驴，书券三纸，未有驴字。"

邺：指邺城

博士：古代官名

【寓意】

有一个人买了一头驴子，写了三张契约，没有一个"驴"字。比喻行文啰唆，废话连篇，不得要领。

【练习】

近义词：不得要领 ________　　反义词：言简意赅 ________

【思考】

1. 分析博士在写凭证时的心理？

2. 从这个故事中你明白了什么道理？

【讲故事懂道理】

有一天，一个博士上街买一头驴，双方都讲好了价格，只需要写一份凭据。但是，卖驴的不会写字，不识字，就让博士代写，博士答应了。卖驴的就找来了笔墨纸砚，博士就写了起来，过了很长时间，博士才写完，写了三张，全部都是密密麻麻的字。卖驴的让博士读一读，博士先干咳一声，之后就摇头晃脑地读了起来，并且吸引了很多过路人。过了好半天，博士才读完，卖驴的听后，一脸茫然，问："你写了这么多，怎么连个驴字也没有？其实很简单，你只要写上某月某日，我卖了你一头驴，多少钱就行了。"旁边的人听后，都哄笑了起来。

说话写文章如果不得要领、满篇空话，就会被人耻笑。做事作文应当简洁明了。

望梅止渴

南朝·宋·刘义庆《世说新语》

"魏武行役，失汲道，三军皆渴，乃令曰：'前有大梅林，饶子，甘酸可以解渴。'士卒闻之，口皆出水，乘此得及前源。"

魏武：指曹操，他的儿子曹丕建立魏国后，追尊他为魏武帝

饶：多，丰富

出水：流出涎水，流出唾液

【寓意】

人只要想到吃梅子就会不由自主地流出口水从而解渴。比喻愿望没有办法实现，便借想象来安慰自己。

【练习】

近义词：画饼充饥 ________　　反义词：实事求是 ________

【思考】

1. 在找不到水的危机情况下，曹操想到了什么办法来解决？
2. 听了曹操的话，士兵们都有什么反应？
3. 在情况危急的时候曹操没有慌乱，而是想到了办法来渡过难关，你从这个故事中明白了什么道理？

【讲故事懂道理】

曹操是三国时期智勇双全的枭雄。有一次，他带兵出征，士兵们行军前进了很久，又累又渴，但途中始终没有找到水源来做补给，士兵们口渴难耐。曹操十分心急，担心因为水源的问题会影响到士兵们行军的士气信心，但是又一时无法立刻找到水源。他冷静了一会，想出了一个特别的办法。曹操命人传话给士兵们说："探路的士兵发现在前面不远的地方，有一片巨大的梅林，结了许许多多的梅子，又酸又甜，大家继续前进，走到那里就能用美味的梅子来解渴了。"士兵们听后，嘴里都流口水，一时也就不渴了。凭借着这个意念，士兵们都坚持到了最后，找到了水源。

周处自新

南朝·宋·刘义庆《世说新语》

周处年少时，凶强侠气，为乡里所患。又义兴水中有蛟，山中有白额虎，并皆暴犯百姓。义兴人谓为“三横”，而处尤剧。或说处杀虎斩蛟，实冀三横唯余其一。处即刺杀虎，又入水击蛟。蛟或浮或没，行数十里，处与之俱。经三日三夜，乡里皆谓已死，更相庆。竟杀蛟而出，闻里人相庆，始知为人情所患，有自改意。乃入吴寻二陆。平原不在，正见清河，具以情告，并云欲自修改，而年已蹉跎，终无所成。清河曰：“古人贵朝闻夕死，况君前途尚可。且人患志之不立，亦何忧令名不彰邪？”处遂改励，终为忠臣。

凶强：凶暴强悍
侠气：指任性使气，好争斗
蛟：古代传说中的一种龙
横：祸害
剧：厉害
或说：有人劝说。说，读 shuì，劝说
更相庆：互相庆祝。更，交替，轮换
二陆：指陆机、陆云两兄弟，当时著名的学者。下文“平原”指陆机，因陆机曾任平原内史；“清河”指陆云，因陆云曾任清河内史。
蹉跎：指虚度光阴
贵：以……为贵，认为……是宝贵的
尚可：还有希望
令名：指美好的名声
改励：改过自新。改，改过。励，勉励

【寓意】

我们要学会知错能改，明白一个人只要有改恶从善的决心和行动，无论早晚，总能有所成就。

【思考】

1. 当你发现你身上的毛病时，你会马上改正吗？

2. 这个故事告诉我们什么道理呢？

【讲故事懂道理】

周处年轻时，为人凶暴强悍，喜好争斗，被同乡的人认为是一大祸害。另外，义兴的河中有条蛟龙，山上有只白额虎，两者经常侵害百姓。义兴的百姓称他们是三害，而这三害当中周处最为厉害。有人劝说周处去杀死猛虎和蛟龙，实际上是希望三个祸害互相拼杀后只剩下其中一个。周处就上山杀死了老虎，又下河斩杀蛟龙。蛟龙在水里有时浮起有时沉没，周处与蛟龙一起漂游了几十里远。经过了三天三夜，同乡的人都认为周处已经死了，大家在一起互相庆祝。而周处终于杀死了蛟龙从水中出来了。他听说乡里人以为自己已死而互相庆贺，才知道自己实际上被当作一大祸害，因此有了悔改的心意。于是就进入吴郡去找寻陆机和陆云以求指点。当时陆机不在，只见到了陆云，周处就把全部情况告诉了陆云，并说自己想要改正错误，可是岁月已经荒废，怕最终也不会有什么成就。陆云说："古人珍视道义，认为早晨听闻了圣贤之道，就是晚上死去也甘心，况且你的前途还是有希望的。再说，人就怕立不下志向，如果有了志向，又何必担忧好名声不能远扬呢？"周处从此改过自新，最终成为一位历史上有名的忠臣。

杯弓蛇影

唐·房玄龄等《晋书》

尝有亲客，久阔不复来，广问其故，答曰：“前在坐，蒙赐酒，
曾经　阔别，离别，疏远　乐（yuè）广，字彦辅，河南阳淯（yù）人。　受，承蒙

方欲饮，见杯中有蛇，意甚恶之，既饮而疾。”于时河南听事
读wù，讨厌，憎恨　指官府办理政事的厅堂，亦作“厅事”

壁上有角，漆画作蛇。广意杯中蛇即角影也。复置酒于前处，
指用牛角装饰的弓　意料，想

谓客曰：“酒中复有所见不？”答曰：“所见如初。”广乃告其所
读fǒu，同“否”　因由，原因

以，客豁然意解，沉疴顿愈。
形容心怀舒畅　指久治不愈的病

【寓意】

弓的影子映在了酒杯里，被人误以为是蛇。比喻疑神疑鬼而引起恐惧。

【练习】

近义词：草木皆兵 ______________　　反义词：镇定自若 ______________

【思考】

1. 乐广给朋友治病前做了什么？

2. 乐广弄清楚了朋友的病因，怎么治好了朋友的病？

3. 想一想你生活中有没有类似的事情发生。

【讲故事懂道理】

乐广曾有一个非常亲密的好友，离别了好久都没有再来过，乐广就问这个好友原因，好友回答道："上次去你家做客的时候，承蒙你给我酒喝，我正想要去喝的时候，就看见酒杯里有个蛇，我心里特别厌恶它，喝了那杯酒之后，我就生了重病。"当时，河南听事堂的墙壁上挂了一对角弓，弓上有油漆画的蛇。乐广猜想酒杯里的蛇就是角弓的影子。他就在原来的地方再一次请那位朋友喝酒。乐广对朋友说："酒杯中是否又看见了什么？"朋友答道："就和上次的一样。"乐广就告诉他了原因，好友的心情便豁然开朗，长久而严重的病顿时痊愈了。

班门弄斧

唐·柳宗元《王氏伯仲唱和诗序》

"操斧于班、郢之门，斯强颜耳。"

操：拿

郢：读yǐng，相传郢人也是一个操斧能手。

【寓意】

在鲁班门前舞弄斧子。比喻在行家面前卖弄本领，不自量力。

【练习】

近义词：布鼓雷门 ________　　反义词：自知之明 ________

【思考】

1. 鲁班拥有什么样的本事？
2. 那个年轻的木匠能做出比大红门更好的一扇门吗？
3. 这个故事告诉我们了一个什么道理？

【讲故事懂道理】

战国时代，鲁国有一个善于制作精巧器具的人，他叫鲁班，由于他的精湛工艺，后人把他奉为木匠的始祖。

有一天，一个年轻的木匠在一个大红门前炫耀自己的木匠工艺如何的好。他的手里拿着一把斧子，对周围的人说："不要小看我这把斧子，无论什么样的木料，只要经过我的斧子就一定会成为精美的东西。"

周围的人听了都笑了起来，觉得他在自大，就指着他身后的大红门说："小师傅，看到你身后的那个大红门了吗？你要是真的厉害，就做一个比这个大红门更好的门。"年轻的木匠傲慢地说："不是我吹牛，我告诉你们，我曾经当过鲁班的学生，难道还做不出一扇简单的大门。"众人听了，忍不住大笑起来，说："你身后的房子就是鲁班先生的家，那扇大红门就是鲁班先生亲手做的，你真能做一个比这个门更好的吗？"

那位年轻的木匠听到后不好意思地跑掉了。

黔驴技穷

唐·柳宗元《黔之驴》

黔无驴，有**好事者船**载以入。至则无可用，放之山下。虎
喜欢多事的人 用船
见之，**庞然大物**也。以为神。蔽林间窥之，**稍**出近之，慭慭
（虎觉得驴是）巨大的动物。庞然，指巨大的样子。 逐渐地，渐渐地
然，莫相知。

他日，驴一鸣，虎**大骇**，远遁，以为**且**噬己也，甚恐。然
非常害怕。大：很，非常。骇，害怕 将要
往来视之，觉无**异**能者。**益**习其声。又近出前后，终不敢搏。
指特别的，与众不同的 渐渐地
稍近**益**狎，**荡倚冲冒**。驴不胜怒，蹄之。虎因喜，计之曰：“技
更加 形容虎对驴轻侮戏弄的样子。荡，碰撞。倚，倚靠。冲，冲撞。冒，冒犯。
止此耳！”因**跳踉**大㘎，断其喉，尽其肉，乃去。
读 tiào liáng，跳跃

【寓意】

比喻剩余一点儿技能也被用完了，讽刺那些无德无才、须有外表的人。

【练习】

近义词：无计可施 ______________　　反义词：神通广大 ______________

【思考】

1. 故事中，驴的技能都有什么？
2. 想一想整个故事中老虎的心理变化？
3. 通过这个故事你明白了什么道理？

【讲故事懂道理】

从前，贵州这一代本来没有驴，有一个好事的人就用船运了一头驴到贵州，运到之后不知道它有什么用处，就把驴放在山脚下。一只老虎看见了这头驴，感觉它是一个庞大的家伙，便把它当成一个神物。老虎隐蔽在树林里偷偷地观察它。过了一段时间，老虎才敢稍稍靠近它，并且小心翼翼地看着它，不知道它到底是什么东西。

有一天，驴叫了一声，老虎吓了一大跳，便逃到了远处，以为驴要吃它，非常害怕。可是老虎来来往往地观察驴，觉得它没有其他的本事了。渐渐地，老虎习惯了驴的叫声，又稍稍走近了老虎，并且出现在它的身前身后，但是始终不敢去和驴搏斗。老虎又靠近了驴，并且，态度亲切不庄重，老虎不断地靠近、碰撞、冒犯驴，驴非常气愤，就用蹄子踢老虎。老虎心里暗暗窃喜说：“你的本领也就如此！”于是就跳起来大声吼叫，咬断了驴的喉管，吃了它的肉之后才离开。

画蛇添足

唐·张彦远《历代名画记》

楚有祠者，赐其舍人卮酒，舍人相谓曰："数人饮之不足，一人饮之有余，请画地为蛇，先成者饮酒。"一人蛇先成，引酒且饮之，乃左手持卮，右手画蛇曰："吾能为之足。"未成，一人之蛇成，夺其卮曰："蛇固无足，子安能为之足？"遂饮其酒。为蛇足者，终亡其酒。

祠：读 cí，祭祀。祠者是主管祭祀的官员。
相谓：互相商议
引：拿，举
固：本来，原来
子：对人的尊称，您

【寓意】

原意为画蛇时给蛇添上脚。后比喻做多余的事，非但无益，反而不合适，也比喻虚构事实，无中生有。

【练习】

近义词：弄巧成拙 ____________　　反义词：锦上添花 ____________

思考

1. 如果你是这位画蛇的人，你会想些什么？说些什么？
2. 同学们能不能联系实际生活讲一讲生活中的画蛇添足的事情。

【讲故事懂道理】

古时候，楚国有一家人，祭完祖宗之后，准备将祭祀用的一壶酒，赏给帮忙办事的人员喝。参加的人很多，这壶酒如果大家都喝是不够的，若是让一个人喝，那能喝得有余。这一壶酒到底怎么分呢？大家都安静下来，这时有人建议：每个人在地上画一条蛇，谁画得快又画得好，就把这壶酒归他喝。大家都认为这个方法好，都同意这样做。于是，在地上画起蛇来。有个人画得很快，一转眼就画好了，他就端起酒壶要喝酒。但是他回头看看别人还都没有画好呢，心里想：他们画得真慢。又想显示自己的本领，他洋洋得意地说："你们画得好慢啊！我再给蛇画几只脚也不算晚呢！"于是，他便左手提着酒壶，右手拿了一根树枝，给蛇画起脚来。正在他一边画着脚，一边说话的时候，另外一个人已经画好了。那个人马上把酒壶从他手里夺过去，说："你见过蛇吗？蛇是没有脚的，你为什么要给它添上脚呢？所以第一个画好蛇的人不是你，而是我了！"那个人说罢就仰起头来，咕咚咕咚把酒喝下去了。

这个故事讽刺那些做事多此一举，反而得不偿失的人。

百金买宅，千金买邻

唐·李正秦《南史》

宋季雅罢（辞官）南康郡，市宅居僧珍宅侧。僧珍问宅价。曰：“一千一百万。”怪其贵。季雅曰：“一百万买宅，千万买邻。”

【寓意】

比喻好邻居千金难买。

【练习】

造句：____

【思考】

1. 为什么御史大人宋季雅要花那么多钱把房子买在吕增珍的隔壁？
2. 你愿不愿意和吕增珍做邻居，为什么？
3. 从这个故事中你明白了什么道理？

【讲故事懂道理】

南北朝的时候，有一个人叫吕增珍，他为人正直，深受大家的喜爱和尊敬，人们都喜欢和他交往。

吕增珍家住在城北，因为深深受人们的尊敬和爱戴，所以家里每天来来往往有很多人，使原本就不大的庭院显得更小了。于是就有人建议吕增珍换一套大的房子，但他却说："已经够用了，不用再换大的房子了。"

御史大人宋季雅辞官之后，就特地买了吕增珍隔壁的房子。有人问："你买这所房子花了多少钱呀？"

"一千一百万钱。"

"为什么会这么贵呀？"

宋季雅说："一百万钱是买房子花的，一千万钱是用来买邻居的。"

黄粱美梦

唐·沈既济《枕中记》

卢生**欠伸**而**悟**，见其身方**偃**于邸舍，吕翁坐其傍，主人蒸**黍**未熟，触类如故。生**蹶然**而兴，曰："岂其梦寐也？"翁谓生曰："人生之适，亦如是矣。"生**怃然**良久，谢曰："夫宠辱之道，穷达之运，得丧之理，死生之情，尽知之矣。此先生所以**窒**吾欲也。敢不受教！"**稽首**再拜而去。

欠伸：伸懒腰
悟：醒来
偃：读 yǎn，仰面倒下，这里指躺着睡觉
黍：黄米
蹶然：指急切的样子
怃然：惆怅的样子。怃，读 wǔ
窒：遏制
稽首：读 qǐ shǒu，是古代的跪拜礼

【寓意】

指虚幻的、不能实现的梦想。

【练习】

近义词：南柯一梦 ______________　　反义词：梦想成真 ______________

【思考】

1 卢生在做梦时都梦到了什么？

2 从这个故事中你明白了什么道理？

【讲故事懂道理】

青年卢生，旅途中经过了邯郸，住在一家客店里。道人吕洞宾也住这家客店里，卢生和吕翁聊天时，连连怨叹自己贫困的境况。吕翁便从自己的行李中拿出一个枕头，对卢生说："你枕着这个枕头睡一觉，就可以得到荣华富贵。"这时，店老板正在煮小米饭，离开饭时间还很早，卢生枕着这个枕头就先睡一会。他一躺下去立刻做起梦来。他梦到自己娶了清河崔府里最高贵美丽的小姐，生活阔绰。第二年，考中进士，后来是步步高升，一直升到节度使、御史大夫，还做了十年宰相，最后受封为燕国公。有了五个儿子，个个都和名门望族结了亲，而且都做了大官；还有十几个孙子，个个都聪明出众，可谓是子孙满堂，福禄齐全。在梦里他一直活到了八十多岁。梦结束了，他立马醒来了。他才发现是做了一场梦，这时，店老板煮的黄粱饭还没有熟。卢生在慢慢回想自己的美梦，几十年的荣华富贵，竟然是短暂的一场梦。吕翁笑道："人生就是这样！要想得到真正的荣华富贵，必须用自己的双手去努力，去创造。"

解铃还须系铃人

宋·惠洪《林间集》

法灯泰钦禅师少解悟，然未为人知，独法眼禅师深奇之。一日
认为……神奇

法眼问大众曰："虎项下金铃，何人解得？" 众无以对。泰钦

适至，法眼举前语问之，泰钦曰："大众何不道：'系者解得。'"
恰好 读 xì，拴，系结

由是人人刮目相看。

【寓意】

比喻由谁引起的麻烦，仍由谁去解决。

【练习】

近义词：心病还须心药医 ________________

【思考】

1. 泰钦法灯禅师为什么不受欢迎？
2. 你觉得泰钦法灯禅师是一个什么样的人？

【讲故事懂道理】

金陵有一个寺庙，寺庙里有一个泰钦法灯禅师，他的性情豪放不羁，无所事事，什么都不愿意做。寺内一般和尚都瞧不起他，处处排挤他，只有住持法眼禅师一个人看重他。有一天，法眼问众人："谁能把绑在老虎脖子上的金铃解下来？"众人绞尽脑汁也没有想出来。没有一个能回答得出。这时泰钦法灯禅师刚好来到，法眼就把刚才提出的问题再问泰钦法灯禅师，他回答说："在老虎脖子绑铃的那个人能解得铃"。法眼见法灯禅师回答得好，便就这件事教育众人："你们是不能小看他的！"

后来"解铃还须系铃人"就以成语的形式流传了下来，比喻谁惹的麻烦就需要谁解决。

水滴石穿

宋·罗大经《鹤林玉露》

"泰山之霤穿石，单极之绠断干。水非石之钻，索非木之锯，渐靡使之然也。"

霤：读 liù，小水流

绠：读 gěng，单股的细绳

【寓意】

滴水穿石，水不断下滴，可以滴穿石头。比喻只要有恒心，不断努力，事情一定成功。

【练习】

近义词：铁杵磨针 ________　　反义词：半途而废 ________

【思考】

1. 水依靠什么战胜了石头？
2. 我们应该向水学习什么？
3. 这个故事告诉了我们一个什么道理？

【讲故事懂道理】

从前有一块坚硬的石头，它的身边有一些水。石头对水骄傲地说“你这么脆弱，真是个没用的东西。”水回答道“不要小看我，我虽然脆弱，但是我能把你打穿！”石头听了哈哈大笑，“就你？开什么玩笑，我让你打看你有什么能耐”。从此，水就没日没夜地击打着石头。终于水的坚持战胜了石头，石头被水打穿了。在那之后石头再也不敢取笑水了。

水不断地坚持向下滴，时间长了就能把石头滴穿。这个故事告诉我们，只要有恒心，不断努力，持之以恒，不论是多么困难的事情，都可能成功。

与虎谋皮

宋·李昉等《太平御览》

"周人有爱裘（读qiú，狐皮）而好珍羞（珍贵的食物），欲为千金之裘，而与狐谋（商量）其皮；欲具少牢（古代祭祀用的羊和猪）之珍，而与羊谋其羞。言未卒（完成），狐相率逃于重丘之下，羊相呼藏于深林之中，故周人十年不制一裘，五年不具一牢。"

【寓意】

比喻所谋之事有害于对方的切身利益，终难达到目的。现多用来形容跟恶人商量，要他牺牲自己的利益，一定办不到。

【练习】

近义词：枉费心机 ________　　反义词：立竿见影 ________

【思考】

1. 故事里的人要问狐狸和羊分别借什么东西？
2. 如果你是故事里的人你会不会像他那样做？为什么？
3. 这个故事告诉我们一个什么道理？

【讲故事懂道理】

古时候，有一个人想做一件名贵的狐皮大衣，但是他没有足够的钱去定做。于是他就想到上山有许多的狐狸。于是就兴高采烈地跑到山上和狐狸们商量道：“亲爱的狐狸朋友，我想做一件狐皮大衣，可是没有狐皮，你们能把身上的狐皮送给我吗？”狐狸们一听拔腿就跑。于是这个人就无奈地回去了。过了几天，这个人想用肥美的羊祭祀。就跑到草地上和羊商量：“亲爱的小羊，我准备祭祀祖先，你能把你身上的羊肉给我点吗？”羊听了吓得“咩咩”地叫个不停，都竞相而逃，消失在丛林里了。

这样那人十年也没缝成一件袍子，五年也没办成一次祭祀。

铁杵成针

明·陈仁锡《潜确类书》

李白少读书，未成，弃去。道逢老妪磨杵，白问其故。曰："欲做针。"白感其言，遂卒业。

妪：读 yù，这里指老年妇女，老太太。

卒：完成

【寓意】

鼓励人们在学习上、工作上要勤奋、要刻苦。

【练习】

近义词：铁杵成针 ______________　　反义词：针锋相对 ______________

【思考】

1. 你相信铁棒会磨成针吗？
2. 铁杵要想磨成针有其他捷径嘛？
3. 有人说铁杵磨成针这种方式太笨了，你怎么看？

【讲故事懂道理】

李白少年求学的时候，长期读书没有成果，打算放弃。在他离开的途中遇见一个老妇人，只见她在磨一根很粗的铁棒子，李白走上前去，问她磨这个干什么？老妇人回答说："我要把它磨成绣花的针。"李白很吃惊地说："这么粗的铁棒子，磨一辈子，也未必可以磨成细细的绣花针呀！"老妇人笑呵呵地对他说："小朋友你有所不知，我并不担心自己会虚耗光阴，也没有什么到头来白忙一场的无聊杂念，只要我还活着一天，就会坚持不懈一天，把这根铁棒磨得比之前更细一点，最后自然就磨成绣花针了。"她的话使李白十分感动。于是，他马上返回去，刻苦学习，经过多年的努力，终于完成学业，成了一名伟大的诗人。

杀鸡儆猴

清·李伯元《官场现形记》

俗话说的好；叫做“杀鸡骇猴”；拿鸡子宰了；那猴儿自然害怕。

骇：吓唬

【寓意】

杀鸡给猴子看。比喻用惩罚某个个体的办法来警告别的人。

【练习】

近义词：杀一儆百 ________

【思考】

1. 为什么杀的是鸡却能吓到猴子？

2. 你在生活中碰到过类似的事情吗？

【讲故事懂道理】

有个要猴戏的，新买了一只受过训练的猴子。这猴子可机灵了，它一听到鼓声就会跳舞，一听到锣声就会翻跟头，可是就不听新主人的指挥。要猴戏的使劲打鼓，使劲敲锣，猴子眨眨眼睛，一动也不动，只做没听见。要猴戏的想了个法子，他抓了一只公鸡来，对着公鸡又打鼓，又敲锣。公鸡怎么会演戏呢，它听到鼓声锣声早吓呆了，蹲在地上动也不敢动。要猴戏的拿起一把刀，一刀把公鸡宰了。这一下可把猴子吓坏了。要猴戏的一打鼓，它就连忙跳舞，一敲锣，它就连忙翻跟头，一点儿也不敢含糊。“杀鸡儆猴”就是从这个故事来的。现在多用来比喻惩戒一个以警告其他人。

此地无银三百两

民间故事

有人把银子埋藏地下，上面留字写道 ：“此地无银三百两”。

邻人王二偷走了银子，也留字写道 ：“隔壁阿二不曾偷”。

【寓意】

比喻想要隐瞒掩饰，结果反而暴露。

【练习】

近义词：不打自招 ________________

【思考】

1. 张三最后想出了一个什么办法把银子藏好？

2. 张三和王二都是什么样的人？

3. 这个故事告诉我们一个什么道理？

【讲故事懂道理】

从前有一个叫张三的人。他喜欢自作聪明，经过长时间的工作，他积攒了三百两银子，心里特别的高兴，但是他又害怕被偷了。带在身上吧，很不方便，放在抽屉里吧，觉得不妥当，也容易被小偷偷去，他想来想去都觉得不妥，终于他想了一个办法，等到了晚上，他偷偷出去在自家墙角下挖了一个坑，把银子放了进去，埋好后，还是觉得不妥，害怕别人怀疑这里埋了银子。于是就回家拿了笔，在墙上写了“此地无银三百两”七个大字，才放心。

张三做的事情都被隔壁的王二看见了，等到张三回到屋里，王二去了墙后，看见张三写的七个大字，一切都明白了，于是王二就悄悄地把银子挖了出来，并把坑填好。回到家里的王二看到这么多的银子高兴极了。但是他又害怕了起来，怕张三发现银子丢了怀疑他，于是他也自作聪明拿起了笔，在墙上写上“隔壁王二不曾偷”七个大字，安心地回家睡觉了。

后来人们用这个成语来比喻由于做事愚蠢，想隐瞒的事情反而暴露了。

图书在版编目(CIP)数据

诸子百家之寓言故事 / 杨中介，杨宁主编；李哲绘. —桂林：漓江出版社，2016.11
（2018.4重印）
（大私塾教养阶进丛书 / 张海彤）
ISBN 978-7-5407-7946-7
Ⅰ.①诸… Ⅱ.①杨… ②杨… ③李… Ⅲ.①儿童文学-寓言-作品集-中国 Ⅳ.①I287.7
中国版本图书馆CIP数据核字（2016）第250634号

诸子百家之寓言故事

主　　编：杨中介　杨　宁
策划统筹：符红霞
责任编辑：王成成
内文设计：黄　菲
责任监印：周　萍

出 版 人：刘迪才
出版发行：漓江出版社
社　　址：广西桂林市南环路22号
邮　　编：541002
发行电话：0773-2583322　010-85893190
传　　真：0773-2582200　010-85890870-614
邮购热线：0773-2583322
电子信箱：ljcbs@163.com
网　　址：http://www.Lijiangtimes.com.cn
印　　制：北京尚唐印刷包装有限公司
开　　本：889 × 1230　1/16　印　张：8.75　字　数：70千字
版　　次：2016年11月第1版　印　次：2018年4月第2次印刷
书　　号：ISBN 978-7-5407-7946-7
定　　价：35.00元